マーリン・ホランド／著
サイモン・キャロウ／まえがき
前沢浩子／訳

オスカー・ワイルド
と
コーヒータイム   Coffee with Oscar Wilde

三元社

読者のみなさまへ

本書のインタビューは完全なフィクションですが、確かな歴史的事実に基づいて構成されています。想像上のインタビュアーが架空のオスカー・ワイルドにインタビューを行ないます。どのような対話の場が想定されているかは著者による「はじめに」をご覧ください。オスカー・ワイルドの生涯を短くまとめた「小伝」のあと、インタビュー「オスカー・ワイルドとコーヒータイム」が始まります。

＊本文中、〔　〕カッコ内に示しているのは訳者による補足です。

Coffee with Oscar Wilde

All Rights Reserved

Copyright © Watkins Publishing Limited 2017

Text copyright © Merlin Holland 2007

Foreword copyright © Simon Callow 2007

Japanese edition published by arrangement through The Sakai Agency

目次

まえがき サイモン・キャロウ *4*

はじめに *8*

オスカー・ワイルド（1854-1900）小伝 *12*

オスカー・ワイルドとコーヒータイム *27*

ワイルド氏登場 *28*

ギリシア語を学んで *35*

美学の教授 *42*

アメリカとの出会い *48*

ほぼきちんとした生活 *55*

ミドルクラスに与えた衝撃 *61*

黒豹たちとの宴 *67*

危険な友情 *73*

名誉毀損裁判 *82*

汚名にまみれた唯美主義者 *93*

獄中の物書き *101*

名ばかりの自由 *108*

最終幕 *116*

没後 *125*

参考文献 *133*

索引 *135*

訳者あとがき *138*

まえがき

サイモン・キャロウ

　オスカー・ワイルドの評価はこれまでになく高くなっている。劇作家、小説家、エッセイスト、詩人、そして同性愛の殉教者として讃えられているのだ。ワイルドへの野蛮な処遇によって、英国の法は邪悪で馬鹿げたものという揺るがぬイメージが何世代にもわたって受け継がれたが、この法が最終的に改正されたことにより、ある意味ワイルドが受けた被害は死後に贖われたといえる。

　しかし文学上の業績や残酷な運命以上に、オスカー・ワイルドは人好きのする人物として大きな印象を残している。ディナーに招くなら理想のゲストは誰かというリストがときおり作られるが、オスカー・ワイルドの名は決まってトップにくる。過去の時代の数少ないきわめて魅力的な人物たちと同様に、ワイルドの魅力は今日まで生き続けている。英語で書かれたものの中でワイルドの『書簡全集』ほど楽しい読み物があるだろうか（書簡集の中には牢獄で書いた暗い『獄中

記』も入っているけれど）。残念ながら、語り草になっているワイルドの話し声の美しさを実際に聞くことはできないが、同時代に生きた人たちが書き残した会話の端々を読むだけで、楽しさのあまり笑顔になったり、ときには声をあげて笑うことさえある。

ワイルドは自己中心的なおしゃべり男ではなかった。ちゃんと耳をかたむけ、相手の話に応じ、惜しげなく笑った。他の人を笑わせるのにも長けていた（うっかり自分の言った冗談に笑いをこらえられないこともあったが）。陳腐な決まり文句をひっくり返して言ったり、シュールで奇抜な言葉を繰り出したりするのがワイルド流の話術で、それを聞いた人たちがどうしようもなく笑ってしまうということもしばしばだった。その効果たるや絶大だ。友人で最初にワイルドの伝記も書いたロバート・シェラードが書いているが、ワイルドがある日シェラードの家にやってくると顔色の悪いメイドが出てきて、主人はひどい歯痛で会えないという。それでもワイルドはずかずかと踏み込んできて、暗い部屋に横たわって苦しんでいるシェラードを見つけると、その日の出来事を面

まえがき　5

白おかしく語り、そのおどけぶりにシェラードの痛みもだんだんと軽くなり、とうとう痛みが消えてしまったという。そんな話もむべなるかなと思える。

　ワイルドの人柄には演技の部分も確かにあって、その惜しみない演技は本人のエネルギーを奪うこともあった。ある晩、パーティーでウィットあふれる愛想の良さをいかにも苦もなく振りまき皆をうっとりさせたワイルドが、立ち去った数分後に帽子を忘れたことに気づき戻ってきたそうだ。そのときのワイルドの疲れきって、精魂尽き果て、単語ふたつきちんとつなげることもできない様子を見て、パーティーの主催者は衝撃を受けたと伝えられている。監獄に入っていたせいで、一時はジョークを言う能力にも陰りが出たが、釈放後は体力的にも経済的にも追い詰められた状態ではあっても、ウィットの鋭さは以前にもまして見事でとどまるところを知らなかった。死の床で壁紙を見つめて放った比類なき言葉「あの壁紙か私かどちらかが消えるべきだ」はもはや格言になっている。だがワイルドの崇高なまでの悪ふざけぶりを絶妙に伝えてくれるのは、死に瀕したワイルドが言ったもうひとつの

言葉だ。これがワイルドのほぼ最期の言葉になった。もっとも誠実だった友人ロバート・ロスに向かってワイルドはこう言った。「ねえ、ロビー、僕らが石の墓に横たわっているときに終末のラッパが鳴り響いたら、君の方を向いて囁くよ。ロビー、ねえロビー、トランペットなんて聞こえないふりをしよう、とね。」

サイモン・キャロウ

はじめに

　ある雨の日にパリで、コーヒーを数杯飲みながらオスカー・ワイルドと話をしたら楽しいだろう。しかしその様子を再現するのは難題でもある。この本のためにワイルドの会話スタイルを再生しようとすれば神をも恐れぬ自信が必要だ。1895年にクィーンズベリー侯爵を相手に名誉毀損の訴訟をおこし、自分はオスカー・ワイルドなのだからうまくいくはずだと期待したワイルドと同じくらいの不遜さが必要だ。空前絶後の話術の持ち主の口調を真似して、神の怒りをかわずにいられるはずもない。気弱な解決策として、ワイルドの作品や書簡からうまい言葉を引用し、それを意味が通るようにつなげるという手も考えられた。そうすればワイルドをしのごうとする愚かさを責められることもないだろう。だがそんなことをすれば、ワイルドの決して平易ではない名文句を文脈から切り離してツギハギが目立つ1冊にまとめたありがちな本になってしまうだけだ。ワイルドの作品を知っていても、引用の出どころが思い出せない読者はイライラし、何を読ん

でいるのかわからなくなってしまうだろう。

　妥協策として私がとった方法は、様々な材料を混ぜ合わせて料理し、すぐに引用だとわからなくてもオスカー・ワイルドの風味がするものに作り上げるというやり方だ。ある箇所では引用を使いながらも、話者や時制や雰囲気を変え、ワイルドがもともと書き言葉で表現したことをワイルドの文体を保ったまま話し言葉に変えている。また別の箇所では複数の引用をひとつにまとめたり、短くしたりして、意図を逆転させたり、オリジナルとは違った使い方をしている。これを正当化する理由にはならないが、少なくともワイルドも同じやり方をやっている例がある。『ドリアン・グレイの肖像』を書き終えてからまもなく、ワイルドは『ウィンダミア卿夫人の扇』の執筆に取りかかり、小説で使ったうまい警句をひとつとして無駄にせず、新しい命を与えて戯曲の中に取りこんだ。会話の流れを保ちつつ、できるかぎり新しい言葉を使わないようにするため、私はデジタル化されたテクストで単語検索をしてワイルドの言葉遣いをチェックした。その結果、期せずして、ワイルドの言葉遣いが1890年代にしては現代

はじめに　9

的であることがわかった。

　ワイルドに近づくのにテーマごとのアプローチをするべき
か、それとも伝記的なアプローチをするべきかも長い時間か
けて悩んだが、ワイルドの作品と生涯は密接に関わっている
ので、ワイルド自身について語れば作品についても同時に
語ってくれるはずだという結論に落ち着いた。とはいうもの
の、その生涯の前半について語るとき、ワイルドは幾重にも
自己韜晦の衣装をまとっているので、本人の発言をそのまま
言葉どおり受け取ることはできない。対照的に尊厳までも奪
われた晩年について思いをはせるとき、自分を守るためにワ
イルドに残されたものはユーモアの感覚だけだった。自分の
不幸を笑う能力、それはワイルドの才能の中でも最大のも
のだ。ワイルドが言うように、「快楽とはちがって、苦しみ
に仮面はいらない」のだ。私はまた評論家の故シェリダン・
モーリーから聞いた話も意識した。ある日、モーリーは出版
者のジョージ・ワイデンフェルドからワイルドの伝記を書か
ないかと打診する手紙を受け取った。ワイルドの伝記はたっ
た10年前に出たばかりだったので、シェリダンは電話をか

けて依頼の理由を聞いてみた。ワイデンフェルドはこう答えた。「そうなんだが、あんなおもしろい話は10年に一度くらいは人々に語ってきかせたいんだよ。」この意見にはワイルド氏自身もまったく異論がないだろう。

オスカー・ワイルド（1854-1900）
小伝

　オスカー・ワイルドの人生は花火そのものだ。わくわくとした期待から始まり、華やかな見世物となり、クライマックスには耳をつんざくほどの炸裂音が響く。そして最後に残るのは沈黙だ。その人生は童話「すばらしいロケット花火」で予言された物語に不思議なほど似ている。ロケット花火は光の粒が降りそそぐ中に突然あらわれ、爆発し、地球に墜落する。「ぼくはみんなを驚かせることになるとわかっていたんだ」と叫びながら。

　ワイルドは、1854年10月16日にダブリンのウェストランド・ロウ21番地で生まれ、オスカー・フィンガル・オフラハティ・ウィルス・ワイルドと名づけられた。この長々しい名前を地元の学校では恥ずかしく思っていたが、大学に行くと自慢するようになり、やがて人生後半になると見下してこう言った。「有名になれば名前など捨てるものさ。気球乗りが空に昇っていくときに、重しの砂袋が不要になって捨てて

いくのと同じだよ。2つだけ残してあとはもう捨ててしまった。そろそろもうひとつ捨てて、ただの「ザ・ワイルド」か「ザ・オスカー」で通用するだろうよ。」それから1世紀余を経て、他の多くの発言と同様、この信じられそうもない言い分が、怖いほど正しかったと判明している。

　父はウィリアム、母はジェイン・フランチェスカ（本人は格好をつけてスペランザという詩的な呼び方の方を好んでいた）、オスカー・ワイルドはこの二人の次男として、専門的職業につき余裕あるアッパー・ミドル・クラスの家庭で育った。オスカーが生まれるとまもなく、一家はメリオン・スクェアに引っ越したが、広々としたジョージ王朝時代の家で、父ウィリアム・ワイルドは眼科と耳鼻科の当時最先端の専門医だった。優れた医療人であるうえに、アイルランドの民話、自然誌、民族学、地形学の権威としても知られている。また聖パトリック教会の司祭であったジョナサン・スウィフトについての著書も書いた。1841年からのアイルランドの人口調査で先駆的な貢献をしたという功績よって、1864年にはナイトの称号を得ている。まさにヴィクトリア朝の博学者だ。

オスカー・ワイルド（1854-1900）小伝　　*13*

母親の方は熱心なアイルランド・ナショナリストで、ジャガイモ飢饉〔1845～49年に起きた不作により約100万人が死亡した〕のときには扇情的な詩を書いて新聞『ネイション』に投稿し、投獄寸前までいった。語学の才能に恵まれ（フランス語とドイツ語の翻訳をしている）、夫と同様にあらゆるアイルランド的なものを愛し、ダブリンでもっとも刺激的な文芸サロンを主宰した。これらがオスカー・ワイルドが受け継いだ遺産だ。乳の代わりに言葉を与えられた子供だった。

　アイルランドでの少年時代に2つの大きな出来事があった。ひとつはスキャンダル、もうひとつは悲劇だ。1864年、オスカーの両親は名誉毀損で訴えられ世間の注目の的となる。サー・ウィリアムの元患者の一人が起こした訴訟で、違法な性行為がからんでいたようだ。1867年にはオスカーがとても可愛がっていた妹アイソラが熱病で命を落とした。明るい出来事に目をむければ、学校や大学で出される古典の勉強での賞や奨学金を、オスカーはほぼ総なめにした。現代の大学生と同じように、大学での無駄な時間をオスカーは有意義に使った。ダブリンのトリニティ・カレッジに行った後、オッ

クスフォードのモードリン・カレッジに進学した。オックスフォードをその年の最優秀学生と言われて卒業してからロンドンに出たときには、本人も言うように世間をあっと言わせる準備は万端だった。オックスフォードではジョン・ラスキン、ウォルター・ペイターと親交を結び、美術や詩における「耽美主義」の運動の一員として派手に活動した。数篇の詩と新しくできたグロヴナー・ギャラリーについての評論しか書いていないことを思えば、この耽美主義の活動は自分に注目を集めるためのポーズという側面が強い。だがこのポーズを続けることによって、オスカーはさらに自分を売り込んでいく。ロンドンに移ると、1880年、最初の戯曲『ヴェラ』を執筆した。ロシアの無政府主義者についてのメロドラマだが、政治的な理由もあって上演は実現しなかった。翌年、詩集を出版したが、750部という慎ましい印刷部数を、わざわざ第1版、第2版、第3版に分けて、売れっぷりを誇張した。完売はしたものの、評価はまちまちだった。オックスフォードのディベート・クラブであるオックスフォード・ユニオンの図書館から1冊寄贈してほしいと要請があったあとで、不

要とされて返本されてしまい、オスカーのプライドは傷ついた。

1881年の年末、オスカーは「耽美主義者」の見本としてアメリカでの講演ツアーに招聘された。この講演を聴けばアメリカ人の観客もギルバートとサリヴァンの新作オペレッタ『ペイシェンス』の中の風刺が理解できるようになるという趣旨だった。「耽美主義者」といえば若くてキザな伊達男と決まっているが、260日間に140回の講演をこなし、サンフランシスコではボヘミアン・クラブのメンバーと酔いつぶれるまで飲み、コロラド州のレッドビルではウィスキー好きの炭鉱夫たちと互角に飲み合うなどというのは、キザな伊達男ではできない芸当だ。オスカーはアメリカに1年滞在し、名声と悪名の中間あたりで名を上げ、今日の10万ポンド（約1,500万円）ほどをポケットに入れて帰国した。

しかし文学上の栄冠はまだつかめなかった。アメリカから戻ってからの4年間は、生計のために書評を書いたり、ときどき演劇評をしたりという程度で甘んじなければならなかった。講演もしたが、その話題はインテリア・デザインや服飾

にまでわたった。その間1884年にはコンスタンス・ロイド
と結婚し、コンスタンスは、1885年にシリル、1886年には
ヴィヴィアンと、たてつづけに子供を産んだ。

　その後、1887年の春、出版社のカッセル社から不振にあ
えいでいた雑誌『レディーズ・ワールド』のてこ入れに手を
貸してほしいと依頼があった。オスカーはこの難業を引き受
けたが、雑誌名を『ウーマンズ・ワールド』に改めることを
主張した。「今のままではあまりにもエレガントすぎて、女
性の視点が十分に出ていない。……女性が何を着るかだけで
はなく、何を考え、何を感じているかを打ち出すべきだ」と
いうのがオスカーの言い分だった。雑誌名の変更はフェミニ
ズムのはしりともいうべき「ニュー・ウーマン」の運動を支
持するという意味もあった。この運動は次第に人々の注目を
集め始めていたが、すべての人から好意的な目を向けられて
いたわけではなかった。ワイルドの伝記研究家たちは、『ウー
マンズ・ワールド』の編集者時代を、彼の著作活動の中では
興味深いが重要ではないエピソードとみなしている。だがそ
こにはもっと多くの意義があった。これによってワイルドは

オスカー・ワイルド（1854-1900）小伝　　17

第一線の物書きとなったのだ。一家の財政的緊急事態も回避された。そして何よりも純粋に文学的な作品を書く時間を与えられた。ワイルドの創作力が花開いた時期を実質的にスタートさせてくれたのがこの『ウーマンズ・ワールド』だった。同時にオスカー・ワイルドが持っていた社会的意識をかいま見させてくれるのも『ウーマンズ・ワールド』だ。

　それから8年間のうちに、オスカーは代表作のほとんどを書いた。その創作の範囲は驚くほど幅広い。短編（『幸福な王子』1888年）、エッセイ、対話、文学評論、小説（『ドリアン・グレイの肖像』1891年）、散文詩、韻文詩（『スフィンクス』1894年）、そして代表的な戯曲もすべてこの期間に書かれている（『ウィンダミア卿夫人の扇』1892年、『つまらぬ女』1893年、『理想の夫』と『真面目が肝心』1895年）。だが1887年と1895年の間に作品中の道徳的視座は微妙に変化している。オスカー自身の大きな変化が作品に暗い影を落としているように思える。『カンタヴィルの幽霊』（1887年）では少女ヴァージニアがサイモン卿の魂を安らぎへと導くし、『わがままな巨人』と『幸福な王子』（1888年）はキリ

スト教色が濃い、寓話に近い作品だ。だがそこからシニカル
な『ナイチンゲールと赤いバラ』（1888年）へ、さらには暗
く不安を醸し出す結末の『ドリアン・グレイの肖像』（1891
年）や『漁師とその魂』（1891年）へと作風は変化していった。
この2つの作品では、美は誘惑、危険、死と結びついている。
作風の変化がもっともはっきりあらわれたのは戯曲『サロメ』
で、この作品は、1892年、サラ・ベルナールがリハーサル
をしている最中に、ロンドンでの上演が禁止された（禁止が
正式に解かれたのは1930年代になってからだ）。ワイルドに
とって苦悩の時期だった。結婚しながら自らの同性愛に気づ
き、当時は家族だけでなく社会全体に対してもそれを隠す必
要があった（男性の同性愛は1885年時点のイギリスでは犯
罪行為だった）。社交の場を舞台とし警句がきらびやかに散
りばめられた劇の背後には、自暴自棄、非正統性、隠蔽、二
重生活といった不安なテーマが隠れている。

　1891年、オスカー・ワイルドは、クィーンズベリー侯爵
の三男アルフレッド・ダグラスという貴族の青年と恋に落ち
る。その恋には悲劇と経済的破綻と不名誉が伴った。1895

年の初頭には、オスカー・ワイルドはもはや単に名声を求めるだけの耽美主義者ではなく、成功した大人の劇作家となっており、ロンドンのウェスト・エンドでは二作品が同時に上演され、現代の価値におきかえれば週に7,000ポンド（約100万円）ほどの収入を得ていた。ロンドンの社交界はそれを素晴らしいことと称賛すべきか、ぞっとすることと見下すべきか態度があいまいなままだった。つまりその魅力ゆえに屈するべきか、その道徳ゆえに切り捨てるべきかを決めかねていたのだ。1895年4月、ワイルドがメンバーだった社交クラブにクィーンズベリー侯爵が残していった名刺がワイルドを侮蔑するものだとして、ワイルドは侯爵を名誉毀損で訴えた。被告側がワイルドの私生活を法廷で暴いたせいでこの訴訟は失敗に終わり、ワイルドはその日の夕刻に「甚だしい猥褻行為」の罪で逮捕される。この失墜はまさにスペクタクルだった。芝居の上演は続いていたが、宣伝ポスターの作者名は貼り紙をして隠された。やがてポスターは剥がされ、ワイルドの本も販売中止となった。作品は実質的に出版禁止となり、ほぼ一夜にしてワイルドは一文無しになった。それから

3週間とたたないうちに債権者たちはチェルシーのタイト・ストリートのワイルドの家に執行人を送りこんできて、家財をオークションにかけた。1ヶ月以内には二人の子供たちはイギリスを離れざるをえなくなった。5月の終わりまでには、ワイルドは同性愛行為の罪で裁判にかけられ有罪が確定する。ワイルドは2年の刑に服した。1897年に釈放されたあと、晩年は亡命者としてセバスティアン・メルモスという名で、おもにフランスで暮らした。1900年11月30日、パリで髄膜炎で世を去ったとき、ワイルドは46歳だった。

　存命中、オスカー・ワイルドが恐れたのは、本人の言い分では、世間から誤解されないことだった。「早めに警戒し、今の私のように謎の存在でいなさい」と1885年にワイルドは画家のジェイムズ・ホイッスラーに宛てて書いている。「偉くなるということは誤解されることだよ」と。そして自分でも生涯ずっと誤解されるよう努めていた。神話、仮面、謎が初期の頃からワイルドの得意芸だった。「人生の真実は、その人が何をやったかではない。自分についてどのような伝説

オスカー・ワイルド（1854-1900）小伝　　21

を作り上げたかだ」と、1891年にはフランス人記者ジャック・ドレルに向かって語っている。「伝説を壊してはいけない。伝説を通して素顔がかいま見られるものなのだ。」そして強調するようにこう付け加えている。「私は百合の花を手にしてロンドンを歩き回ったことなどない。そんなことは門番だろうが御者だろうができるからね。だがワイルドは百合を手にしていたと人々に信じさせる。それこそが勝利なんだ。」

その死から100年以上を経てなお、オスカー・ワイルドはまだ謎のままでいる。パラドクスの芸術の王者に対しては、それこそが最大の賛辞だ。我々はワイルドの二重性に魅入られ、彼の実人生でも作品でも矛盾と思えることに戸惑いながら、そのどれほどが効果を狙った作り物で、どれほどがこの複数の顔を持った複雑な人物の中に根ざした豊かさの一部なのかと、考えざるをえない。アングロ・アイリッシュでありながらアイルランドのナショナリズムに共感し、自治法案を支持していた。プロテスタントでありながら生涯を通じてカトリック的修養を身につけていた。音楽を奏でるように言葉をつむぎ、絵を描くように言語を操りながら、アンドレ・ジッ

22

ドに向かって創作に飽きていると告白している。この芸術家は2つならず3つの文化をまたにかけていた。フランス贔屓のイギリス人でありながら心の底ではケルト人だった。長年にわたり社交界のルールを遵守してきた以上、それを馬鹿にする反逆者を気取ったところでお笑い種だ。おそらく表面的には矛盾と見えることも、実は互いに補いあいながら様々な顔をみせるひとつの現実なのだろう。その様々な顔の間で絶えず変化する動きがオスカー・ワイルドという人間の万華鏡のような本質だ。もしもワイルドを捕えて解剖し、その中にあるものをひとつずつ順序だてて分類しても、彼の本質は見えない。ワイルド自身がそのことをよくわかっていた。随筆『仮面の真実』の最後で彼はこう書いている。「芸術には普遍的真実などというものはない。芸術における真実とは、その反対もまた真実だ。」

　ワイルドは自分自身のイメージを、伊達男、才人、会話の達人、喜劇作家として強烈に売り込んでいた。そのため学者や思想家としての名声があったとしても、それは死後数十年間、まったく忘れさられていた。そのかわりに二流の文学か

ら這い上がろうとする一流の道化師というイメージで見られていた。もちろんワイルド自身がそういうイメージを望んでいたと考えたくなってしまう。主役は作品ではなく人生、能力よりも精魂こそ優先する。だがワイルドをめぐる様々なことと同様、いかにも明らかな見た目は真実ではなく、真実を隠す仮面だ。

　ワイルドとは単に一時的な社会文化現象でしかなく、軽い大衆文学作家だったのだろうか。それとも19世紀と20世紀の橋渡しをするまったく現代的な思想家かつ鋭敏な批評家であり解説者、そして時代の息苦しさにあらがった作家だったのだろうか。シェイマス・ヒーニーはワイルドを「度を超えて時代を根底から覆した」と評した。その度外れた様子が、厳格なヴィクトリア朝の人々を楽しませたあげく、最後に怒らせてしまったのだろうか。ワイルド自身と作品に対する評価がどのように変わろうとも、大衆の心の中にワイルドはしっかりとした場所を保ち続けているように思える。枠におさまりきらない人生を生き、そしてその生き方を固持する勇気を持った反逆者。人々がひそやかな賞賛を送るのはその反

逆者に対してだけではない。機知とユーモアでこれほど多く
の人にいつも楽しさを与え続けてくれるワイルドにも、常に
人々はひそかに拍手を送っている。

オスカー・ワイルドとコーヒータイム

いよいよインタビューを始めましょう……

ここから、オスカー・ワイルドとの

架空の対談が始まります。

14のテーマについて、

突っ込んだ質問にも率直に答えてもらいます。

ゴシック体で書かれた文字は質問、

明朝体の文字はワイルドの回答です。

ワイルド氏登場

INTRODUCING MR WILDE

　パリはオスカー・ワイルドにとって精神的な郷里とも言える場所だ。「パリは世界でもっともすばらしい街だ。文明化された唯一の都だ。あらゆる人間の弱さを完全に受け入れてくれる地上でただひとつの場所だ」と、ワイルドはかつて語っている。流暢なフランス語を話し、何回かにわたって３ヶ月近く滞在し、ヴィクトル・ユゴー、ポール・ヴェルレーヌ、アンドレ・ジッドと出会った。1891年、物議を醸した悲劇『サロメ』の大半を書いたのも、このパリだった。この劇の上演がイギリスで禁じられたときには、フランス人に帰化するという脅しまで口にした。ワイルドにその人生と作品についてインタビューするのに、パリ以上の舞台はない。

いや、君、びっくりしたけれど、嬉しかったよ。パリを選んでくれてよかった。これだけ年月を経たとはいえ、とてもロンドンに戻る気にはなれなかっただろうからね。私が知っている頃のイギリス人といえば、中身はビールと聖書とご立派な人格だけ。芸術を解さず、心が狭い。私がロンドンを離れたのは1897年だが、人々はそれほど変わっていないのじゃないかねえ。「離れた」といったけれど、ご存知のように実際はちょっと違う。私は2年間投獄されたのだけれど、追放されたのも同然さ。釈放されたその日に、私はフランスに移ったんだよ。フランスは文明国だと私はいつも感じているよ。芸術家が尊敬され、閉ざされたドアの内側で何が起きているかなんて誰も気にしない。それに言葉もすばらしい。私にとって言語とは、フランス語とギリシア語の2つだけなんだ。……さあ、この店だ。ほとんど知らない人なのに、店に入る前から、古くからの友人のようにベラベラしゃべってしまったね。どのテーブルにしようか。タバコを吸える席がいいな。吸ってもいいかい。

オスカー・ワイルドとコーヒータイム　　29

── ええ、どうぞ。でもタバコはあなたがご存知の時代ほどおしゃれなものではなくなっているのです。パリでさえも、吸っていい場所と、いけない場所が法律で決められていて……。

それはなんと無粋なことだ。タバコこそ完璧な形をした完璧な喜びだと私は常日頃から主張しているんだ。繊細で、吸えば吸うほど欲しくなる。だから両者合意のうえ、人目につかないところでなければダメと、タバコとのつきあいまで犯罪扱いにされてしまうんじゃないかと懸念しているよ。さあ、こうしていかにもモダニズム風に結論部分から話を始めたので、徹底して前衛的インタビューにするためにことの始まりに話題を戻すことにしよう。

── まさに同じように思っていたところです。というのも、「自分の人生には精魂を捧げた。作品に捧げたのは能力だけだ」とかつてあなたはアンドレ・ジッドにおっしゃいましたね。あなたは常に自分の人生をひとつの作品と見ておられた

30

ようですね。

そのとおり。ごく若い頃からそう思っていたよ。それがどん
な意味を持つのかには気がついていなかったとしてもね。人
生では、誠実さではなくスタイルこそが本質なんだ。これこ
そ母が教えてくれたことだった。アイルランドやイングラン
ド人に対する感情ということであれば、母は決して不誠実な
人ではなかった。けれど、スタイルこそ母の真髄。変わった
もの、異国のもの、奇妙なものへの愛に彩られたスタイル
だったんだ。国を超えて尊敬の念を集めていたサー・ウィリ
アムの妻、レディー・ワイルドという身分を愛していたけれ
ど、私がまだ子供だった頃、土曜日のパーティに「きちんと
した」知り合いを連れてきてほしいと母が知人に言われたと
きのことが忘れられないよ。「きちんとした、ですって！
その言葉はこの家では二度と使わないでね。きちんとしてい
るのは商売人だけよ」と母は大きな声をあげたんだ。それ以
来、友人を家に呼んで母に会わせるときには、母と私こそが
「美徳抑制協会」の創設者だと自己紹介したよ。

オスカー・ワイルドとコーヒータイム　　31

── 悪を愛する、つまりそれはヴィクトリア朝の人々があれほど執着した、きちんとしたミドルクラスの価値観を拒絶することになるわけですが、あなたはいつもそういうイメージで見られていました。そのことに居心地の悪さをお感じにならないのですか。

ぜんぜん。悪というのは、善人やきちんとした人たちが、自分たちにはなくて他の人たちが持つ奇妙な魅力を説明するために作った神話に過ぎないよ。善人は理性に訴えかけるけれど、悪人は想像力をかきたてる。だから私はいつも犯罪者に心惹かれるんだ。もちろんそのせいでやがてトラブルにも巻き込まれることになったけれどね。でも不道徳だと批判されるような行動をする人々のことを書いたからといって、必ずしもその考え方に同調しているというわけではないよ。芸術と道徳の関係は非常に複雑だ。あとで私がいかにしてああいうものを書いたのかを話すから、そのときにこの問題についても話そう。

── わかりました。では少し子供時代の話をしてください
ますか。あなたとお兄さんのウィリー（ウィリアム）はかな
り伝統的な育てられ方をされていますよね。

そうだね、伝統的といえるだろうね。ダブリンの社交界の中
で暮らし、寄宿学校に行き、古典を勉強して、休暇はゴール
ウェイのカントリー・ハウスで過ごした。確かに伝統的だね。
けれどそれでも私は同時代の人たちとは異なった考え方をす
るようになったよ。人とは違うという感覚があったんだ。運
命的なものが存在していて、それがやがて実現するはずだと
いう感覚だ。ある日、将来は国を相手にした裁判の被告とし
て後世に名を残せれば最高だと語ったことまである。うまい
言い方だったけれど、残念ながら、その発言の25年後にこ
の予言に祟（たた）られることになってしまった。そのときにはこの
世には2つの悲劇しかないと思ったよ。ひとつは欲しいもの
が得られない悲劇。もうひとつは欲しいものが手に入った悲
劇だ。2つ目の悲劇の方がずっと悲惨だよ。学校で得た知識
があるとすれば、学校とは知る価値のあることはいっさい教

オスカー・ワイルドとコーヒータイム　　33

えない場所だということ。たとえば、私はギリシア語とラテン語の文学を生涯愛していたけれど、それは知的であると同時に官能的な愛なんだ。そんなことを言ったら校長が卒倒しただろうけどね。でもただ言葉を翻訳するのよりもずっと多くの喜びを与えてくれたのは、美しい装丁の古典文学を手にし、それを音読して、眠っている言語の中から見知らぬ音楽を奏であげることだった。

ギリシア語を学んで
STUDENT OF GREEK

　アルスターのファーマナ州エニスキレンにあるポートラ寄宿学校を卒業し、奨学金を得てダブリンのトリニティ・カレッジに進んだところで、オスカーの世界は大きく広がった。ただ知識を与えてもらうのではなく、教える側と教えられる側という境界を超えて議論が繰り広げられた。1871年、トリニティで出会ったのが、その2年前、30歳という若さで古代史の教授となったジョン・ペントランド・マハフィだ。

オスカー・ワイルドとコーヒータイム　　35

―― やや単純化した言い方ですが、民話や迷信そして社会正義に対する生涯にわたる敬意を与えてくださったのはお父様とお母様ですね。その二人を別にすると、若い頃のあなたにもっとも大きな影響を与えたのはジョン・マハフィでしょうね。

このあとすぐにジョン・ラスキンとウォルター・ペイターのことを話すけれど、その二人を除けば、そのとおりだね。マハフィは飛び抜けてなんでもできる人だった。すばらしい知性の持ち主で、しかも洗練されていた。赤ワインや骨董の目利きで、フランス語、ドイツ語、イタリア語に堪能、ヨーロッパ中の王族の半分は知っているようだった。それよりも会話の相手として抜きん出ていた。私のことを気に入ってくれたのは、私がギリシア語の散文を読むのが得手だったからだろうね。マハフィはこれは育てなくちゃいかんと思ったんだろう。それは単なるきっかけで、私は好奇心をいっぱいにしてもらうのを待ち望んでいる器のようなものだったから、彼との出会いはまさに千載一遇だよ。マハフィに対しては長年に

36

わたって愛情と賞賛の念を抱いていたよ。彼から得たものは
ほんとうに大きいんだ。私にとって最初で最高の教師だった。
ギリシアの文献への愛を教えてくれた学者でもあり、言葉の
持つ魅力や魔力で社交界の扉を開けることを教えてくれた人
物でもある。アイルランド人は詩的すぎて詩人になれないと
私に言ったのも彼だったんじゃないかな。アイルランド人は
華麗なる失敗者だが、ギリシア人以来の雄弁家でもある。そ
ういう彼の発言を、私はのちになって自分の言葉として語っ
たよ。当然だろう。口承文学を共通の財産として分かちあう
のが、ケルト的創造性というやつだよ。

—— トリニティで成績優秀だったのにもかかわらず、3年後
に学位を取らずに大学をやめましたね。

そうだよ。もっと広い世界に呼ばれていたからね。自力で
オックスフォード大学のモードリン・カレッジの奨学金を獲
得したんだ。マハフィの強い勧めもあったがね。マハフィは
自分の手柄だと誇りながらも、私との別れを悲しんでいた

オスカー・ワイルドとコーヒータイム　　37

よ。最後にはいつもと同様に彼らしく、「さっさとオックスフォードへ行きなさい、オスカー。うちの大学は君の能力では難しすぎるからね」と言ってみせたけどね。そのあとも連絡はとりあっていたよ。その後3年間に2回、一緒にイタリアとギリシアに旅行に行ったんだ。二度目の旅行のとき、ギリシアに行くついでにバチカンに行きたいと思ってね。カトリックに改宗したいという気持ちが強くなっていたんだ。だけど恩師のおかげで、カトリックになるはずが、異教に手を染めることになっちゃった。このとき帰国が遅くなり春の学期に間に合わなくなってカレッジから停学処分を受けてしまったんだ。想像できるかい。古代の都オリンピアを訪ねた最初の学部生だからという理由でオックスフォードを停学になったんだよ。もちろんダブリンでは誰もそんな話は信じてくれなくて、皆が何かスキャンダルを隠しているんだろうと想像していた。ほんとうのことを話したせいでトラブルになるという経験はこれが最後じゃなかったけどね。

―― オックスフォードはトリニティとはずいぶん違ってい

たでしょうね。

そうだね、ほかのことはさておき、イングランド人ばかりだということがあるね。英語という共通点をのぞけば、イングランド人とアイルランド人の間に共通性はほとんどないとすぐにわかったよ。英語だって常に共通というわけじゃない。イングランド人には話し方だけ教え、アイルランド人には聞き方だけ教えれば、オックスフォードみたいな場所もだいぶ文明化されるだろう。イングランド人の話し方ときたら、言い逃れの連続で、その合間にはさまれる沈黙がキラリと光っているというありさまで、ダブリンで聞き慣れていた会話とはまるで違っていた。いずれにせよ、私はまず折り合いをつけるために、アイルランド訛りを消してしゃべるようになったがね。

　マハフィから洗練された社交術は習っていたけれど、その社交術を使うにはしっかりとした知的基盤がさらに必要だった。そこに登場したのがジョン・ラスキンとウォルター・ペイターだ。二人とも私の古典での学位取得にはあまり関わっ

てはいない。二人の専門は美術評論と美学だったからね。ラスキンとはかなり親しくなったよ。オックスフォードでのもっとも大切な思い出のひとつは、ラスキンと語り合いながら散歩したことだ。美術に対する知的で高貴で高邁なアプローチのしかたに、私の一面は強くひかれるんだ。だが私の中の別の一面は退廃、官能、神秘を求めていて、それを満たしてくれたのがペイターだった。オックスフォードに行ってすぐに彼の『ルネサンスの歴史研究』を読んだのだけれど、私の人生の大半にこの本は奇妙な影響を残したと言えるね。

――『ドリアン・グレイの肖像』でヘンリー卿がドリアンに与えた「毒をはらんだ完璧なる書」に似ていなくもないですね。

まさにそのとおり。最大限に脈打つ人生、宝石のように輝く炎に常に焼かれ、芸術のために芸術を愛す、その発想は喜びと危険の両方をあわせ持つんだ。ある朝、モードリン・カレッジの鳥さえずる細い小道を散策しながら友人の一人にこう語ったことがあるよ。世界中の果樹園の果実を食べたい、そ

のくらい情熱的な魂を持って世に出て行きたいとね。そして
実際にその言葉どおりに私は生きたんだ。オックスフォード
の干からびた学者になる気なんてなかった。詩人、作家、劇
作家になりたかった。なんとかして有名になりたかった。有
名でなければ悪名高いのでもいい。その頃、白と青の美しい
磁器コレクションを私は持っていたのだけれど、この美しさ
に見合った生活が一日ごとに難しくなっていると公言したせ
いで、オックスフォードでは大騒ぎになったよ。

美学の教授
PROFESSOR OF AESTHETICS

　怠惰で無頓着というイメージを大きくしながらも、ワイルドは古典でダブル・ファーストという優秀な成績とすぐれた詩に対して与えられるニューディゲイト賞という名誉を得てオックスフォードを卒業した。しかし成功に酔う幸福感もすぐに消えていく。ロンドンで生活を始めるための多少の資金はあったものの、収入を得られるなにかしらの仕事を急いで見つけなければならなかった。ヘロドトスの翻訳を出版社に持ちかけたり、アテネでの考古学の研究職に応募したり、視学官の職に自薦したりした（視学官にはこの後も自薦を繰り返す）。いずれの案もうまくいかなかったため、オスカーはロンドンでの人脈作りに乗り出した。

──　ロンドンでは当初、まったくあなたらしくない、伝統的な仕事をあれこれしようとなさいましたね。なぜですか。

君は私の手紙を読んだだけでそう判断したのだろうけれど、言わせてもらえば、それはフェアじゃないし、あまり紳士的でもないよ。どうしてもというなら教えてあげるが、家族からのプレッシャーがかなりあったんだ。父は2年前に死んでいて、ダブリンの家は地下から屋根までぜんぶ抵当に入っていた。だからウィリーと私が、母の生活を支えることになりそうだった。可能なときにはいつも母の生活費を私が払ってはいたが、幸いにして全面的に母の生活を支える必要はなかった。いずれにせよまっとうな仕事に就くという考えはすぐに捨てたよ。若くて将来性のある完璧な経歴の若者がロンドンにやってきて、何か有益な職業についても、その数ヶ月後にはまったくの破滅状態になっているというのを見ていたからね。だから徹頭徹尾戦略的に、何かをなし遂げる前に、まずは名前を売ろうと決意したんだ。有名だという理由で有名になろうとしたわけさ。そういう戦略だと、何かしたとた

オスカー・ワイルドとコーヒータイム　　43

んに世間がすぐに私だとわかるだろう。社交界の美人たちの
肖像画を描いていた友人のフランク・マイルズと家を借りた。
ベルベットのスーツになめらかな素材のネクタイをし、髪を
伸ばして、いかにも「美学の教授」で美術評論家というスタ
イルにした。フランクからリリー・ラングトリーを紹介され
たんだが、たまたま彼女は皇太子の愛人だった。またたくま
に私はロンドンの一流の連中の仲間入りをしたよ。

―― ええ、でも、お金にはなりませんよね。

そうなんだ。けれど私は面白い現象とみなされるようになっ
ていた。私がやっていたのは誰も考えたことのないことだっ
た。伝統が美徳とみなされている時代に、伝統をひっくり返
したら、それに人々が魅了されたんだよ。皇太子ですらこ
う言ったそうだ。「私はワイルド氏のことを知らないが、彼
と知り合いにならないと知名度が低いことになってしまう。」
私はときどき不誠実だと非難されたが、不誠実というのはそ
んなに悪いことかな。私は違うと思う。不誠実さというのは、

44

複数の人格を持つための方法に過ぎないよ。だけど、こうい
う行動の目新しさはすぐに飽きられてしまうということにも
私ははっきり気づいていた。社交界の気まぐれさといったら
ないからね。だから有名な女優たちに向けて、その演じる役
に合わせたソネットを発表し始めたんだ。サラ・ベルナール
は『フェードル』で素晴らしい演技をしたけれど、私が書い
たソネットがサラにとっても私にとってもすばらしい宣伝に
なった。英仏海峡の向こうからやってきた「聖なるサラ」を
お出迎えするのに、私は巨大な百合の花束を持って行ったん
だが、ソネットを発表したのはその2週間後だった。

── そうした新しい演劇批評のほかに、その頃、戯曲もお
書きになっていますよね。

いくつか若気の至りと言える作品があって、それについては
語りたくないな。トリニティ時代以来書きためていた詩をま
とめて1冊の『オスカー・ワイルド詩集』として出したこと
の方が重要だよ。友人たちからは好意的に受けとめられ、敵

オスカー・ワイルドとコーヒータイム　　45

たちからは批判的な評価をされた。批評というのはそんなものさ。敵を選ぶのにはどんなに注意してもし過ぎることはない。『パンチ』〔1841年に創刊されたイギリスの週刊誌。風刺漫画で有名〕では「水で薄めたスウィンバーン〔異教的・官能的な詩を書いた19世紀の詩人〕」と書かれてしまった。手厳しい批評だけれど、私を美に仕える使徒の一人、耽美主義の旗手としてあげつらったのは良いセンスだね。それで不滅の名声は得られないとしても、少なくとも悪名は確かにしてくれた。

——「耽美主義運動」についてはいろいろ語られていますが、正確にはどういうものだったのですか。

神話とまではいかないけれど、革新ではあったよ。その本質は美の追求と、芸術のための芸術への信仰だ。だけど我々の言動や気取りのせいで大衆からは疑わしいものと思われ、新聞や雑誌ではさんざんからかいの対象になってしまった。私たちが反発していたのはあの時代の物質主義の醜さなんだ。ロマン派や印象主義は「運動」と呼べたが、それと同じ意味

46

ではほんとうの「運動」にはなっていなかった。「運動」というより、本人の意向とはときに関係なく、何人かの作家や画家につけられたレッテルのようなものだった。ラファエル前派〔美術の革新を目指し、19世紀中頃にイギリスで活動した画家・批評家グループ〕から始まって、どう長く見つもっても、1895年の私のスキャンダルで終焉を迎えたがね。けれど1881年には自分が耽美主義と結びつけられるのは願ってもないことだったよ。なんといってもそのおかげでアメリカの講演旅行が実現し、たっぷりとした収入を得ることができたからね。

アメリカとの出会い

DISCOVERING AMERICA

　1881年4月、リチャード・ドイリー・カートを興行主とし、ロンドンでギルバート・アンド・サリヴァンの新作オペレッタ『ペイシェンス』が上演されていた。このオペレッタは耽美主義を風刺していて、主要登場人物の一人バンソーンは露骨なパロディとまではいかないまでも、あきらかにワイルドを思わせる人物に仕立てられていた。このオペレッタが9月からアメリカで上演されることになったとき、カートは絶妙な案を思いついた。「本物の耽美主義者」がアメリカまで行って講義をすれば、オペレッタで風刺の対象となっているものをアメリカ人が現実に目の当たりにできると考えたのだ。

―― カートから最初に話を持ちかけられたときどう思われましたか。一流の小説家としてサッカレーがアメリカでグランド・ツアーを行ないましたが、それと同じようなツアーを提案してきたわけじゃありませんよね。この提案が毒まんじゅうだった可能性もあるわけでしょう。

完璧なる毒、それこそ我が人生を幾度も彩ったものだったね。だが問題は私が解毒剤を使って毒を制し、完璧さを手に入れられるかどうかなんだ。ニューヨークに入港するやいなや記者連中に取り囲まれて、私も面食らったけれど、彼らも私に面食らっていたよ。奇妙に聞こえるかもしれないけれど、私はロンドンでは名前を売ることに熱心だったけれど、ああいうタイプの報道陣の取材対象になったことはなかったんだ。彼らは私が口にするどんな些細なことでも記事にしようと待ち構えていたよ。彼らは私の口からナイアガラの滝みたいに次々と警句があふれてくると期待していたのにそうもいかなかったから、航海の間に他の乗客相手に私がふと口にしたことまで見出しにしたんだよ。「ワイルド氏、大西洋に失望」

オスカー・ワイルドとコーヒータイム　49

といった調子だ。だけど翌日にはそれを補ってあまりあるように、税関の役人に「申告するものは我が天賦の才だけです」と言ってやったんだよ。一瞬、ひょっとして舶来の貴重品として課税対象になるかとひやりとしたよ。

── ロンドンだったらありえないような歓迎ぶりをニューヨークで受けたようですね。

そのとおり。社交界で引っ張りだこだった。ディケンズ以来だと言われたよ。盛大なパーティが開かれて、ニューヨーカーたちは挨拶をするために2時間も列に並んで順番待ちをしていた。私は優美にお辞儀をしたり、ときには王族のように古風に高々と手を上げて振ったこともあった。すると翌日にはそれがあらゆる新聞の記事になっているんだ。私の乗った列車が近づくと群衆が待ち構えていて、私が手袋をした手や象牙でできたステッキを振って挨拶すると、歓声があがったものさ。どこにいっても部屋の中には白い百合が生けられていた。二人の秘書がいたんだが、一人は私のサインが欲し

いという何百もの手紙に応えて私の代わりにサインをしていた。もう一人は髪が茶色で、私の髪が欲しいという若い女性たちのために、自分のカールした髪を切って送るのが仕事だった。彼はあっというまに髪が足りなくなっちゃった。人目につかぬようにするのが美徳だと思っていたから、こんなふうに名士扱いされるのはまっぴらだったよ。

── そうですよね、当然です。苦痛のきわみだったでしょうね。アメリカに行った目的は別にあったわけでしょう？

ジャーナリストとの付き合い方をいったん心得たら、それで準備万端さ。君のいうように、アメリカに行った目的は講演だったし、信じてもらえないかもしれないけれど、真剣な意図も伝えたいと思っていたんだ。行く前に広まっていた誤ったイメージを雲散霧消するための解毒剤になりたいと思っていたんだよ。『ペイシェンス』に登場する「緑と黄色の壁紙のグロブナー・ギャラリーにいる生意気で軽薄な若者」というイメージはなんとしても消さなければならなかった。だか

オスカー・ワイルドとコーヒータイム　　51

ら英国美術のルネサンス再来とその起源を二千年にわたる
ヨーロッパ文化に見るという内容の講演をやったんだが、こ
れは彼らが期待していたものとはまるで違っていた。彼らが
期待していたのは寄席の芸みたいなものだったからね。ただ
これでよくわかったのは、イギリス人とアメリカ人はなにひ
とつ変わらないってことだ。もちろん文明の有無は別にして
ということだがね。アメリカ人はあわただしくって、詩やロ
マンスを愛でるような精神状態じゃないんだよ。考えてごら
ん。列車の時刻や帰りの切符の心配ばかりいつもしているよ
うなロミオとジュリエットがいるわけないじゃないか。実用
本位のアメリカ人にとって興味があるのは、アメリカの美術
や工芸をどうしたらいいだろうかとか、自分の家のインテリ
アをどうしたらいいだろうかとか、そんなことばかりさ。だ
から美術史の話はあきらめてインテリア・デザインについて
講演したら、またたくまに大成功さ。

—— あなたは通常なら妥協はなさらないですよね。

52

妥協ではなく、非実用的なものに対して経験的なものが一時的に勝利したと言ってもらいたいね。おまけに結果として、北部の辺地からも、どんな話題でもいいから私の意見を聞きたいという声が上がってきたんだよ。講演旅行は当初の計画の6ヶ月からまる1年に延長された。カリフォルニアのサンフランシスコではアイルランドの詩人たちについて講演したよ。サンフランシスコは聖フランシスにちなんで名付けられた町だけど、芸術のないイタリアみたいな所だった。コロラド州のレッドヴィルでは銀山で働く銀鉱労働者相手にフィレンツェの銀細工職人ベンヴェヌート・チェッリーニの話をしたら、なんでその職人を連れてこなかったんだと怒られた。もうだいぶ前に死んでいる人だと説明したら、「誰に撃たれたんだ？」とストレートな質問が返ってきたよ。せいせいするほどあけっぴろげで、奇妙な魅力があるアメリカ人たちを、私は少なからず賞賛する気持ちになってきていた。彼らのおかげで警句をいくつも思いつくことができた。いやいや、アメリカ人をからかうんじゃなくて、彼らの得になるような警句だって少なくなかったさ。それにアメリカを巡業したおか

オスカー・ワイルドとコーヒータイム　　53

げで、芸術には生活を洗練させる力があるということがわ
かったのも有益なことだった。そういう趣旨も講演の中に取
り込めたしね。

ほぼきちんとした生活
ALMOST RESPECTABLE

　アメリカを丸1年かけて巡業したあと、1882年の年末に
オスカーはロンドンに戻ってきた。経験豊かな話し手になり、
6,000ドル（今日の10万ポンド、約1,500万円ほどにあたる）
もの金も手にしていた。自分の不在中にイギリスのメディア
がアメリカ文化の奇妙さについてせっせと報道していたのも
オスカーにとっては幸いだった。オスカーはこれを利用して、
今度は自国でも同様な一連の講演を行なった。「アメリカに
ついての私見」「ドレス」「現代生活における芸術の価値」と
いった演題だった。1884年にオスカーは結婚し、1887年か
らは2年にわたって月刊雑誌『ウーマンズ・ワールド』の編
集長を務めた。それによって家庭を支える定期的な収入も入
るようになった。

── アメリカ・ツアーを始めるときに撮った写真がたくさん残っていますが、その写真によってその後のあなたの固定したイメージが出来上がってしまいましたね。長い髪、毛皮のコート、ベルベットのジャケット、膝丈のズボン。どこから見てもダンディな耽美主義者です。今日でもそういうイメージで見られていますが、そのことに納得していらっしゃいますか。

ドリアン・グレイに近づけるとしてもせいぜいそこまでだね(笑)。しょせん、人々の想像の中だけの話だけれど。私は若さを保つためならなんだってやる、ただし運動、早起き、きちんとした生活は除くと、よく言っていたものだ。この点で役に立つのは写真だけだったようだね。実際は、イギリスに帰国する頃までには、その次の段階に進む心構えはできていたよ。髪も切ったのだけれど、第1期の「オスカー・ワイルド」は当時のお洒落な男たちと同じ格好だった。だが「オスカー・ワイルド」も第2期に入ると、イメージより言葉にこだわるようになったんだ。私の経験からするとダンディであるため

には、時間のすべてをお洒落に費やさなければならない。だが私は文学での成功を手にしようと決意した。そこで数ヶ月パリに行って、アメリカ滞在中に依頼された戯曲を書きあげたんだ。だが書き終えたものの女優にこれではダメだと突き返されてね。確かに私の書いたものとしては傑作とは言えないが、次作を書くところまで気持ちを立て直すのに8年もかかってしまったよ。ロンドンに戻ってからは、イギリス国内をまわって、アメリカ、芸術、服飾について講演した。そんなふうにして田舎に文明の香りを届けるというのは、同じことの繰り返しでくたびれるし、金以外にはまったく張り合いのない仕事だったね。

—— ジャーナリズムや評論とは違って、文学の創作には暇が必要だ、金のような汚らわしい心配から解放されなければならないと、かつておっしゃっていましたよね。屋根裏部屋で腹を空かせた劇作家とか、ボヘミアン生活というのはありえないのですか。

オスカー・ワイルドとコーヒータイム　　57

まずないね。パンのために書いている者に最高傑作は決して書けないよ。それに最高の文学作品や詩も、それを歌う者にはまったく富をもたらさないものだ。それにくわえ、鉄道の駅から駅へと移動しているような生活では、本物の文学など書けなかったよ。だが突然、生活が一変したんだ。ダブリンに講演に行って、アメリカに行く前に出会っていた女性に恋をしているとわかったんだ。コンスタンス・ロイドという名の若い女性だ。落ち着きがあって、ほっそりとした、すみれ色の瞳をした可愛らしい女神だ。たっぷりとした茶色の巻き毛のせいで、頭をかしげるとうつむきかけた花のように見えた。象牙のように真っ白な手でピアノを弾くと、その美しい音楽を聴こうと鳥たちもさえずりを止めたよ。

―― ロマンティックですね。そういう美しさに魅せられて結婚を申し込み、受け入れられたのですね。どこかで読んだような話ですね。……たしかこうですよね。「男が結婚するのは退屈しているからだ。女が結婚するのは好奇心からだ。そして両方が失望する。」それと持参金や遺産相続といった

58

彼女の将来性は、ぜんぜん頭になかったのですか。

そんなにシニカルなことを言わなくてもいいんじゃないかい。シニシズムは知的な面では楽しいものではあるけれど、魂のない人間にとっての完璧なる哲学でしかない。真にシニカルな人間には何も見えないものだ。私一人でも経済的にはかなり上向きになっていたはずだよ。だから君たちの世代の価値観らしきものを私にあてはめて話すのはやめてくれないか。もちろん持参金や結婚にともなう財産上の取り決めはあったし、新生活を始めるために彼女の祖父がまとまった金を託してくれた。だがそのせいで互いの気持ちが固まったわけではないよ。私たちは愛し合っていたんだ。それに君の次の質問に先回りして答えるなら、私のセクシュアリティを隠すための結婚でもなかった。いずれにせよ「著しき猥褻行為」をとりしまる法が成立したのは、結婚してから1年後のことだ。

—— ええ、でもその後に起きたことを見れば、人々はどうしても考えてしまうし、私もお聞きしないわけにはいかない

でしょう。あなたの結婚の経緯はわかりました。講演以外で
はどうやって生活費をまかなっていたのですか。

厳しかったよ。だが当時は借金をするのが、商業階級の人々
の記憶に永遠の名を残す唯一の方法だったがね。私はしかた
なくジャーナリズムの世界に入り、おもに書評などを書いた。
私は過分なまでに細心の注意を払って記事を書き、それがあ
る出版者の目を引いたらしいんだ。その出版者から女性雑誌
の編集長をやらないかと声をかけられた。それはまさに私が
求めていたものだった。定期的な収入と、社交界への切符に
なる。『パンチ』からは２年ものあいだ無視されていたからね。
悪口を書かれるよりもっとまずいのは話題にされないことだ
よ。

ミドルクラスに与えた衝撃

SHOCKING THE MIDDLE CLASSES

　オックスフォードを卒業してから三度目の方向転換を経て、1889年、オスカーは生涯でもっとも創作力にあふれた時期を迎えた。今日、オスカー・ワイルドの作品として記憶されているもののほとんどがこの時期に書かれている。唯一の小説の『ドリアン・グレイの肖像』、代表的戯曲である『ウィンダミア卿夫人の扇』、『つまらぬ女』、『理想の夫』、『真面目が肝心』がこの時期の作品だ。百合の花を手にした物憂げな耽美主義者から、緑色のカーネーションを身につけた鋭い機知を持つ劇作家へとオスカーは変貌を遂げた。

── あれほど軽蔑していたブルジョア的なきちんとした生活の瀬戸際まで自分が近づいてしまったと、この時期には感じておられたのではありませんか。結婚して二人の子供ができ、女性雑誌の編集長をし、書評を書き、いくつかの短編と自分の子供たちのための童話集を書いていらっしゃいます。懸念はありませんでしたか。

はっきり言ってあったよ。当然ながら家族ができれば責任もある。学校の視学官の仕事に再び応募したことさえあったんだが、断られたよ。断られて良かっただろうけれどね。もし採用されていたら英国の教育にとんでもない影響があっただろう。金がなければ人間的魅力なんてあっても役に立たないというのが当面の真実だと感じ始めていたので、魅惑的な人間になるより、安定した収入を得る方が先だと考えたんだ。幸いにしてそんなふうに考えたのも一時的なことで、一時の気の迷いみたいなものだった。家庭生活をすると急激に老けこみ、より高尚なものから気持ちがそれてしまうとも感じていた。仕事のためには社交界の刺激が必要で、最高の社交

サークルに入るためには食事をご馳走し、楽しませるか、あるいは驚かせるかしなければならない。食料品店のツケがたまりにたまっていたので食事をご馳走するのは無理だった。楽しませるのはもう長年にわたって経験済みだ。そうなるといよいよ使うのは3番目の手段だ。イギリスのミドルクラスにとってのボードレールになる。ボードレールがよく言っていたように「ブルジョアを驚かせる」ことにしたのさ。

―― その手始めが『ドリアン・グレイの肖像』だったのですね。

まあ、そういうふうに後年は受け止められるようになったね。私の最初の長編はたちまちのうちにスキャンダラスな作品として有名になった。ある評論家からは「道を踏み外した貴族と使いっ走りの変態少年たちのための小説」とまでこき下ろされた。その評論家には「明らかに文才を持つ男の独創的作品」と言えるだけの知性がなかったんだ。それだけ手きびしく攻撃されてうれしかったよ。ほめられると恐縮するけれど、悪口を言われると、自分が壁をつきやぶったのだとわかるか

オスカー・ワイルドとコーヒータイム　　63

らね。だが言っておくが、文壇のど真ん中にむかって砲撃を放ったのは『ドリアン・グレイ』が最初じゃなかったんだ。その18ヶ月前に対話の形をとった評論を出版した。「嘘の衰退」という題名をつけたのだが、この題名だけでも同時代の連中をいらだたせるものだった。

── ただ怒らせるために書いたのですか。それとも真剣なメッセージがそこには含まれているのですか。

書くものにメッセージをこめるなんて、とんでもないことだよ。まあ、それでも道徳的なものを書くよりはマシだけれど。どういう作品かをあえて言えというのなら、空想上の対話の下にかくれているのは当時の文学の置かれた状況についての真理で、それを指摘する必要があって書いたんだ。古代の歴史家たちは事実という体裁をとりながらすばらしい物語を残してくれている。だけど現代の小説家ときたら、フィクションの名のもとに退屈な事実を並べ立てている。もともと誇張するのがうまい将来有望な若い作家も、たちまちのうちに真

実を語るというぞっとするほど不健全な習慣を身につけてしまい、しまいには現実そっくりすぎて誰も信じないようなものを書いてしまうんだ。お涙頂戴の3巻ものの小説がその好例だよ。だから私は美しい嘘という芸術に戻ろうと訴えたんだ。嘘という高貴なる失われた芸術だ。それで、もちろんそういう提案をした以上は、それが可能だということを示す必要があった。それで書いたのが『ドリアン・グレイ』さ。

—— イギリス小説に新鮮な空気を吹き込んだわけですね。

いや、新鮮というよりまるで違った空気と呼びたいね。『ドリアン・グレイ』は感覚に対する崇拝をテーマにしているけれど、イギリス人は自分たちを圧してしまう情熱や感情について本能的な恐れを抱いているから、感覚というものをほんとうに理解したためしがない。ヴィクトリア朝のイギリス人は、そういう感情を弱らせて抑圧してしまうか、拷問にかけて殺してしまうかだったが、私はその感覚を新たなる精神性にしようとしたんだ。だが水をワインに変えるのではなく、

ワインを水に変えてしまうような奇跡的力を持つイギリス人
相手では、どうにもならないのだがね。

──『ドリアン・グレイ』が世に出たら騒ぎになると考えて
いましたか。

批判はあるだろうと思ったけれど、批判の程度までは予測で
きなかったね。まったく猛烈な批判だったが、それはもちろ
んうれしいことだったよ。当然ながら火に油を注ぐように、
批評家たちに言い返せるだけ言い返したよ。芸術家とその作
品の区別もつけられず、登場人物同様に作者も不道徳だと
思っているような許しがたい連中にはとりわけ手きびしく言
い返した。かわいそうに、妻はこう言っていたよ。「オスカー
が『ドリアン・グレイ』を書いてから、誰からも話しかけら
れなくなってしまったわ。」

黒豹たちとの宴

FEASTING WITH PANTHERS

　「仮面をかぶらせれば人間は真実を話す」とオスカー・ワイルドは言っているが、確かにこの警句は本人の人生にあてはまっている。彼が同性での性行為をするようになったのは1887年前後からとされている。のちにもっとも信頼できる友人となり（その後、遺作管理者ともなった）ロビー・ロスがおそらく最初の同性の恋人だ。その後、一人、二人の相手と付き合ったのち、1891年、ワイルドの人生に登場したのがアルフレッド・ダグラス卿だ（彼は家族や親しい友人たちからはボウジーと呼ばれていた）。ワイルドの妻コンスタンスは裁判の数ヶ月前まで、夫が浮気をしているとは少しも疑っていなかったようだ。隠すことがワイルドの作品の次第に大きなテーマとなっていった。

──　ぶしつけな質問をもうひとつさせてもらいますが、ロビー・ロスが最初に関係をもった男性ですか。

ぶしつけな質問などはないよ。ときにぶしつけな答えはあるけれどね。君には事実をガツガツと求めるところがあるね。ロビー・ロスが最初の男だったとしても構わないとだけ答えておくよ。

──　わかりました。しつこく追及したくはないのですが、この頃ご自身が若い男性に感じる魅力が必ずしもプラトニックなものだけではないと気がつかれたのではないですか。

結婚生活に三人いればにぎやかだが、二人ではつまらない。結婚生活は私の予想以上に退屈で、私は新しい感覚を経験したかったんだ。感情に翻弄されるのは嫌だった。感情をあやつり、感情を楽しみ、感情を支配したかった。今まで知らなかった、禁じられた世界が開かれてきた。そしてこういうことに関わっている身分の高い人間も十分な数いたんだよ。み

な、人に知らせないだけなんだ。最初は若い作家や詩人とのつかのまの浮気だったが、アルフレッド・ダグラスと知り合ってからは事態が変わった。彼はロンドンの男娼の世界とつながりを持っていた。お高くとまった生活をしていることにうんざりしていた私は、あえて深いところに潜っていって新しい感覚を探したんだ。思考の領域ではパラドクス、情熱の領域では倒錯というのが私の求めたものだ。男娼やゆすりやたかりの男を食事でもてなし、彼らとの付き合いを楽しんだ。黒豹たちと宴を楽しむようなものだ。その危険に半ば興奮していた。毒があるからこそ、彼らは素晴らしいんだ。私は自分の才能を浪費し、永遠の若さを無駄に使うことで、奇妙な喜びを覚えていた。

―― さきほど『ドリアン・グレイ』のことを話しているとき、批評家たちが作品と実人生を結びつけたと非難しましたよね。でもお話をうかがっていると、それがほぼ真実に近いと思えますが。

オスカー・ワイルドとコーヒータイム　　69

確かにちょっと居心地の悪い気分ではあったが、批評家たち
はまったくの推測で非難していたんだよ。当時、男たちと私
のつきあいは公には知られていなかった。のちのボウジーと
の関係とは違っていたんだ。自分でもうっかり忘れてしまう
ことがあるんだが、『ドリアン・グレイの肖像』を書いたの
はボウジーとの出会いの2年前だったから、もちろん小説は
ボウジーとの関係を描いたものではないんだ。言ってみれば
「嘘の衰退」で論じたとおり、人生は芸術を模倣するという
直感の鋭さを、我が不運なる運命が例証してみせたというこ
とだろうね。のちに誰かに宛てた手紙にも書いたけれど、「奇
妙に彩られたこの小説には、自分のことを多く書き込んでい
る。バジル・ホールウォードは私の自画像だ。ヘンリー卿は
世間から見た私の姿だ。そして私はドリアンになりたいと
思っている。まあ別の時代で、ということだがね。

── それにしても二重生活を強いられたことや抱えていた
秘密が、作品にかなり強く反映していることはお認めになり
ますよね。キーツの伝記の書評をお書きになった際に、キー

ツの実人生で面白いのは創作に関わる部分だけ、創作と関係ない部分はつまらない退屈な人生だとお書きになっていますね。

いやはや、そうだったね。忘れていたよ。自分が過去に書いたもので足をすくわれるというのは、不滅の名声の代償だろうね。しかしこういう因果関係に左右されなければならないものだろうか。たしかに２つの世界に生きていて、それがぶつかり合うことで私が生み出した傑作もあるよ。戯曲そのものについて話をしようじゃないか。戯曲を書くときにアリストテレス的な三一致の法則〔「時の統一」「場の統一」「筋の統一」という劇作上の制約〕を念頭に入れていたかどうか尋ねてみてはどうかね。

―― そうなんですか。

(笑って) いいや、そんなことあるはずないだろう。だけど『ウィンダミア卿夫人の扇』が上演されて、たいへんな成功をおさめたので、こう思ったんだ。現代の上流階級の家庭を

舞台にした芝居に警句をちりばめ、既成の秩序をおだやかにからかう。このパターンを使えばいくつでも芝居を書けるとね。それに劇場支配人たちは喜んでとんでもない金額を払ってくれた。その金のほとんどは底抜けに金のかかるボウジーとの情事に消えてしまったがね。

—— 芸術上の喜びというのはなかったんですか。

いや、もちろんあるよ。ウエスト・エンドの劇場というロンドン最大の社交場でまたたくまに成功をおさめ喝采を受けたんだからね。

危険な友情
A FATAL FRIENDSHIP

　一見したところとはうらはらに、オスカー・ワイルドとアルフレッド・ダグラス卿の関係は、年上の男が若い男を惑わせたという関係ではなかった。クィーンズベリー侯爵の三男であるダグラスは、オックスフォードでの学生時代にすでに同性愛を経験していた。そうした関係のひとつについて恐喝を受けたため、ダグラスはワイルドに助力を求めた。ワイルドはボウジーとすでに何回か会っていて、その並外れた美貌に心惹かれ、当初はその血筋や自作の詩にも魅力を感じていた。そのワイルドにとって、ボウジーからの支援の求めはあらがいがたいものだった。のちに『獄中記』に書いた内容によれば、その頃から二人の関係は始まった。

── 戯曲での最初の成功作『ウィンダミア卿夫人の扇』から3年近くたった頃、ダグラスとの関係は切っても切れないものになっていましたね。

そこまではいかないよ。せいぜいが嵐のような関係というところだね。そう認めるのは辛いのだが、彼との関係は本質的には知性を欠いた友情だった。この友情がめざすものは創作でも美への探求でもなかった。それなのにこの関係に私は自分の人生を委ねてしまったんだ。ボウジーの関心は食事と気分、そして娯楽と快楽だった。ボウジーには生きる動機がなかった。あるのは欲望だけ。私の作品が完成するとボウジーは賛美してくれた。初日の劇場での大喝采を喜び、そのあとの華やかなパーティも楽しんだ。だけどボウジーがそばにいると、私は一行として書けなかった。不毛な創造力のない人間になってしまうんだ。それにもかかわらず彼の中のある部分を私は愛していた。私の創造力を引き出してくれる女神ではなかったが、気晴らしとしては楽しい相手だった。楽しいといっても、それはボウジーが言葉や感情を抑制できている

間だけで、やがてはとんでもない修羅場となり、ボウジーは腹のたつぞっとするような手紙を送ってくる。そういうひどい狂信的なところはボウジーが父親から受け継いだ性格だ。もちろん癇癪を爆発させたあとに、後悔して和解することになる。ボウジーには負けてしまうか、ボウジーを手放してしまうかの二者択一しかなくて、私は負けてしまう方だった。毎回ね。ありえないほどひどい、なんと狂った人生になってしまったものかと考えたときもあったよ。

── クィーンズベリー侯爵の介入で事態が良くなったことはなかったんですよね。

ないね。ボウジーの父親は癇癪持ちの貴族だった。妻を虐待し、子供たちとはことごとく喧嘩していた。ボウジーと最初に出会った頃、長兄で後継でもあるフランシスは外務省のローズベリー卿の私設秘書官に任命されていた。そしたらクィーンズベリーは「私設」には役職以上の意味があると疑っていた。それが気に入らなかったくらいだから、三男が

オスカー・ワイルドとコーヒータイム　　75

「退廃の教祖」であるオスカー・ワイルドと恋愛関係にある
というロンドンでの公然の秘密にはとうてい耐えられなかっ
た。クィーンズベリー侯爵とは、カフェ・ロイヤルで私が
ボウジーと昼食を取っているときに、2回ほどたまたま出く
わしたことがある。その2回とも友好的に挨拶をして別れた。
だがクィーンズベリー侯爵はすぐにボウジーに手紙を書いて、
私たち二人の関係が汚らわしく嫌悪すべきものであると責め、
もしも公然と二人でいるところを見たら馬用の鞭で叩きのめ
すと脅してきた。ボウジーの方も拳銃を手に入れ、父が自分
に手をかけるようなことがあれば、自己防衛のために撃ちぬ
くと言っていた。1894年の夏には事態は恐ろしい状態になっ
ていた。

―― クィーンズベリー侯爵の脅しはあなたにではなくボウ
ジーに向けられていたのですか。

当初はそうだった。けれどその年の夏、6月の終わり頃だっ
たと思うが、チェルシーのタイト・ストリートの私の自宅に

恐ろしい顔つきをした荒くれ男をつれてやってきた。最善の手は正当なる怒りで応じることだと私は判断し、クィーンズベリー侯爵がボウジーと私に対し公衆の面前で放った発言について謝罪をするためお越しいただいたのかと聞いた。どうやら外交手段としては最善ではなかったようで、クィーンズベリー侯爵は私とボウジーの関係について汚い言葉を怒涛のように吐きちらし始めた。私から息子に宛てて「男色にまみれた汚らわしい手紙」を送ったと非難した。クィーンズベリー侯爵がどうして知ったのかはわからなかったが、不運にも実際に私はボウジーに美しい手紙を書き送っていた。ボウジーが私に送ってきてくれたソネットについての書簡だ。それをボウジーはうっかりとスーツのポケットに入れたまま渡してしまったのだ。ロンドンはなんといってもロンドンだ。すぐさまゆすり屋たちが我が家にやってくるようになった。しかしなんとかその問題を片付けて、一件落着と思ったのだけれど……そこでまたクィーンズベリー侯爵が問題を蒸し返してきたんだ。クィーンズベリー侯爵にボウジーと私を男色として非難しているのかと聞いたら、「あなたがそうだ

オスカー・ワイルドとコーヒータイム　　77

とは断言しないが、そのように見えるし、そういうふうに振る舞っている。それだけでも同じように非難されるべきだ」という返答だった。そして二人が一緒にいるところを見たら打ちのめしてやると脅しをかけてきた。私はこう答えたよ。「クィーンズベリー・ルールがどのようなものかは知らないが、見つけしだい撃つというのがオスカー・ワイルド・ルールです。即刻、我が家からお立ち去りいただきたい。」

　最後にはなんとか立ち去ってくれたが、クィーンズベリー侯爵の顔は怒りで歪み、獰猛な猿のようにわめいていた。怒りに捉えられるとこの父と息子はなんと似ていることかと思わざるをえず、そう思った瞬間、圧倒的な恐怖を感じてしまったよ。

―― 冷静な理性に従って、この父子のとんでもない争いの餌食になってしまう前に、身を引かなければと考えたのはこのときだけではないでしょうね。

餌食になる前にだって？　もうなっていたよ。その年の秋、

私はブライトンで体調を崩してしまったのだが、ボウジーは私が記憶する限りもっともひどい修羅場を演じてみせた。彼はロンドンに戻ったんだが、その2日後が私の誕生日で、私は手紙を受け取った。ありきたりな後悔の言葉が並んでいる手紙だろうと想像したんだが、私はボウジーをまだ見くびっていた。手紙には数日前に彼が口にした憎しみの言葉がご丁寧に繰り返されていて、最後にはこう書いてあった。「皆に賞賛されていなければ、あなたはつまらない人間だ。次に病気になったら僕はさっさと立ち去ることにするよ。」これで行き着くところまで行き着いた、自分の芸術と生活のために今ならあの父子から自由になれると思って、不思議な安堵感を感じていた。ところがそうはならなかった。このあとすぐ、ボウジーの上の兄が銃の事故で亡くなった。ボウジーの私に対するひどい態度も忘れてしまって、私は気の毒に思って手を差し伸べ、同情してしまったんだ。神様とは不思議なものだよ。我々を罰するのに、人間の悪徳を使うだけでなく、我らがうちにある善なるもの、優しさ、人間らしさ、愛まで道具にして我々を破滅させるんだ。不幸が起きたとき、ボウ

オスカー・ワイルドとコーヒータイム　　79

ジーに対して憐れみや愛情を感じなければ、あの気の狂った
仲の悪い親子を永遠に私の人生から追い払うことができたん
だが。

── 少なくとも、クィーンズベリー侯爵の行動を抑えるた
め裁判所から命令を出してもらうことはできたんじゃないで
すか。

ああ、そのためにはクィーンズベリー侯爵にまたとんでもな
い行動をしてもらう必要があったが、すぐにその機会はやっ
てきた。『真面目が肝心』の初日に、クィーンズベリー侯爵
はチケットを買って入場し、観客に向かって作者のモラルを
弾劾しようとしたんだ。それは事前に防いだんだが、そした
らグロテスクな野菜のブーケを携えて楽屋口から入ってこよ
うとした。そこでは警察官に足止めされた。警察官には前
もって侯爵の意図について警告を伝えておいたんだ。最後に
はひどい癇癪を起こして立ち去っていったが、数日後に私が
メンバーになっているクラブのエントランスのポーターに名

刺を置いていった。その名刺には私宛ての文言が書かれていた。「男色の振る舞いをしているオスカー・ワイルド」と書きたかったんだろうけれど、侯爵はスペルの間違いが多い人でね、男色をソドマイト (sodomite) と書くべきところがソムドマイト (somdomite) となっていたよ。ロビーへの手紙にも書いたように、もはや訴訟しか手はなかった。

オスカー・ワイルドとコーヒータイム　　*81*

名誉毀損裁判
THE LIBEL TRIAL

　ワイルドの人生ではしばしばそういうことがあるが、この
ときも彼は2つの相反する力によって2つの方向に引き裂か
れていた。自分の感情と理性とに引き裂かれていて、それぞ
れを象徴するのがロビー・ロスとボウジー・ダグラスだった。
侯爵の名刺を受け取った晩、ロビー・ロスに連絡を取り、そ
の晩11時半にエイボンデール・ホテルに来て欲しいと頼ん
でいる。ボウジーには翌日に来て欲しいと伝えていた。この
順番は重要だ。本能的にワイルドはロスの現実的で判断力の
ある助言こそ必要だとわかっていた。だがロスよりも早くボ
ウジーがやってきて、魔法のような魅力を使い始めていた。
ワイルドはすぐに説得されて、破滅的な名誉毀損裁判を起こ
すことになってしまった。

──1895年の前半はすばらしい時期でした。『理想の夫』と『真面目が肝心』が大成功をおさめロンドンのウエスト・エンドの劇場を満席にしていた。その時期に、クラブに名刺を置いていったことでボウジーの父親を訴えるなんて、正気を欠いていたと、そう思い返されることはありませんか。

もちろん狂っていたよ。だがね、気が狂いそうになることがあまりに多かったせいで、どれにも気がつかなかったんだ。成功に酔いしれていて、法的手段に訴えることの危険が見えなくなっていた。実際にはもう何年間も法律なんてみくびりながら生活していたのだけれど。だけど自分には神々がすべてを与えてくれているような気がしていた。天賦の才がある。世に名前が知れていて、社交界でも花形だ。才能のきらめきと、知性と、大胆さを有している。芸術を哲学とし、哲学を芸術としていた。人々の精神を変え、ものの見え方を変えていた。私の発言や行動のすべてに人々が驚嘆した。私が時代の想像力を呼び起こし、そこから私についての神話や伝説が生み出されていった。あらゆる体系を一言で要約し、あらゆ

オスカー・ワイルドとコーヒータイム　　83

る存在を警句で表現したのが私だ。そんな私に失敗を恐れる
気持ちがなかったのも当然だろう？

── 当時やろうとしていることが自殺行為だと警告してく
れる友人はいなかったのですか。

いたよ。名刺を受け取ったその日の夜にはロビーが来てくれ
て、そんなものは無視しろと言っていた。ボウジーは気が
狂ったように攻撃的になる血を引いているところに、父親へ
の憎悪に心蝕まれているものだから、何がなんでも父親を
獄中においやるか、少なくとも被告席に立たせるかしないと
気がすまなくなっていた。父への憎しみに押しつぶされそう
になっていたせいで、その憎しみが私への愛情を凌駕し、
そっちの方がより重大なものになっていた。一人の人間の心
の中に、この両方の情熱がおさまる余地はない。愛を大きく
するものは想像力だ。それによって人間は自覚している以上
に懸命になり、より善良になり、より高貴な存在になる。愛
を育てるものは優れたものや、繊細に生み出されたものだ。

だが憎悪はなんでも餌にする。そのことを理解するのに、私は大きな犠牲を払ってしまった。このとき以来、私はボウジーに支配されるがまま、クィーンズベリー卿の脅迫を受けるがままになってしまった。自分で自分の支配者であることをやめてしまったのだ。自分ではそれと知らぬうちに、もはや「我が魂の指揮官」ではなくなっていた。翌日には治安裁判所に二人で行って、ボウジーの父親を名誉毀損によって逮捕してもらうため告訴した。

―― ただいつでも起訴を取り下げようと思えば取り下げられたのですよね。

当然、告訴人として成り行きを左右することはできた。そうできたはずなのだが、私の判断力は完全にボウジーの意志に支配されてしまっていたんだ。とんでもないことを言うと思うだろうが、だが事実そうだった。大きな資質が小さな資質に圧倒されていた。弱いものが強いものに対して横暴をふるう。それこそ私が戯曲の中で「唯一の持続的横暴」と表現し

オスカー・ワイルドとコーヒータイム　　85

たものだ。裁判が始まる少し前、カフェ・ロイヤルでフラン
ク・ハリスとバーナード・ショーに会ったことがあった。二
人とも裁判を続けるのはまったく愚かなことだと強く主張し
ていたよ。息子を私から守ろうとしているように見える父親
を有罪にするような陪審員はイングランドにはいないという
んだ。

── しかしあなたの言葉を使えば「真っ赤になって叫んで
いた侯爵」ですが、彼の第一の目的は息子を守ることではあ
りませんでしたよね。あなたを裁判沙汰へと追い詰めて破滅
させることだけが望みでした。

そのとおり。でも当時はそれがわからなかった。私はボウ
ジーを愛していた。ボウジーを喜ばせ、父親との憎悪に満ち
た確執に巻き込まれている彼に手を貸したかった。私の魂を
めぐって二人がいちかばちかの博打をしているのだと気がつ
いたときには、すでに手遅れだった。父親を拘束してもらった
10日後、本来なら私は自分がはまってしまった恐ろしい

罠について冷静に考えているべきだったのに、ボウジーに説き伏せられてモンテカルロに休暇に行ってしまった。帰国してみると侯爵の弁護士が反対尋問の準備をしていた。彼らは若いゆすり屋や男妾たちから情報を強引に引き出していた。金でつったり、訴えるぞと脅したりして聞き出した方が多いだろうが、実は私はそれらの情報すべてに怯えていた。

── その情報はすべて真実だったのですか。

銀貨30枚と引き換えに買えるような真実さ。

── 銀のシガレット・ケースと引き換えに黙らせるよりも、そちらの方が明らかに効果的ですよ。

そんな言い方はフェアじゃないよ。お気に入りの若者にシガレット・ケースをあげるのは私の習慣だったんだ。彼らと過ごすのは楽しかったし、自分では買えないようなものを持つ喜びを知ってほしかった。クィーンズベリーの雇った連中が

彼らを探し出して、一人一人からそのなんというか……一人一人から彼らの私生活について証言を取るなんてとても予想できなかった。身分の低い者たちの忠誠心なんて、貴族のモラル同様に金次第だということがわかったよ。

　奇妙なことだが、私がほんとうに心配したのは彼らの証言ではなかった。証言のほとんどすべてに裏付けはなかったし、彼らの半数は前科者だった。彼らの証言では私は不利にならないよ。だが私が冷静さを失い、うっかり危険を冒してしまったのは、作品を攻撃されたからなんだ。反対尋問の中で『ドリアン・グレイ』が男色という自然の摂理にもとる行為を描いた不道徳で猥褻な作品だと言われてしまった。そんなものを書いた私は、悪徳と堕落の怪物というわけだ。今、思い起こせば、フランス文学で私が英雄と崇拝するボードレールとフローベールの二人と私は同じ役目を果たしていたのだ。自分の芸術を無粋な連中や文盲のやつらから守っていたんだよ。ボードレールもフローベールもフランス政府から訴えられた。私は訴えられてはいなかったが、迫害を受けている気分だった。自分の反論を聞いてもらうには、名誉毀損の法廷

という公の場がどこよりもふさわしかった。

—— それで法廷に立たれたときは勝利の自信があったのですか。

ドリアン・グレイの口には出せない罪を描いたからといって、しかもそれほどあからさまな描き方でもなかったのに、単に作品中にそれを描いたという理由だけで私が同じ罪を犯しているなどと思わせぶりな言い方をするのはなんと馬鹿げたことか。その馬鹿らしさを示せば陪審員を動かせるという自信は持っていた。弁護側の証言には証拠がないと主張できると確信していたんだ。ボウジーとの関係が問題になったとしても、法律が「著しき猥褻行為」と古風に名付けている罪が二人の間で犯されたと証明できる者は誰もいなかった。

—— しかしいくつの事実が暴露されてしまいましたよね。エドワード・カーソンは切れ者の弁護士ですが、彼が奥の手を隠していると思っていたでしょう？

オスカー・ワイルドとコーヒータイム　　*89*

そうは思わなかったんだ。旧知のネッド・カーソンが相手の弁護に出てくるのを、私はまるで面白がっていたんだ。ダブリンのトリニティ・カレッジ以来、彼には会っていなかったし、特に知的な学生だったという印象もなくて、ただ相手方の弁護をするのなら、古い友人ならではの厳しさを見せるだろうなとは想像していた。私はこの裁判全体を、凝ったゲームか一篇の戯曲のようにとらえていたんだね。プロローグを書いたのは私だ。主役も私だ。だが結末がどうなるのかはわかっていなかった。考えてもみてくれ。中央刑事裁判所で台本のない芝居をやるんだ。おもしろいじゃないか。公に開かれた観客を相手に、軽薄にならない程度に気の利いた言葉をちりばめながらアドリブで演技をするんだ。笑いをもってすれば運命の牙も避けられるという無謀な希望を抱いていた。だが異教の神にも共感する立場としては、運命の神々の力にもう少し敬意を払うべきだったし、自作自演するのではなく、もっぱら創作にのみ専念すべきだったがね。

　陪審員をしていた商人たちは私が文学や道徳について精妙に語る言葉に耳を傾けたり、退屈したり、戸惑ったりしてい

た。私がプレゼントをあげた若者たちの反対尋問など軽くか
わせるだろうとそのときは考えていたんだ。階級など気にす
るのは俗悪で気取っていると言ってしまったんだが、それが
間違いだった。オックスフォードでボウジーに仕えていた召
使にキスをしたことがあるかと聞かれ、冗談まじりに「いい
え、不細工な青年でしたから」と答えてしまった。これがま
ずかった。芸術をかけて戦っているはずだったのに、命がけ
の戦いになってしまった。

── カーソンの能力を見損なっていたことは認めざるをえ
ませんね。テリア犬のように粘り強くて、カーソンが弁論を
始めたときには、被告の立場に立たされていたのは、クィー
ンズベリー侯爵ではなくあなたの方だった。

おもしろいね、君の言葉はまさに裁判の2日目以降に私が感
じていたことそのものだ。男性同士で愛を語りあうのは、吐
き気がするほどではないけれど、趣味が悪いとネッド・カー
ソンは感じていたし、法律的には違法だった。だがそれより

オスカー・ワイルドとコーヒータイム　　91

まずかったのは、私が属する階級の掟、それはカーソンが属する階級の掟でもあるが、その掟を破って、階級の違いなど気にしないと口にしてしまったことなんだ。馬丁やボーイや新聞配達の青年にプレゼントをあげるなんて、とんでもない冒険だ。それがカーソンには許せないことだったと思うし、そのとおりの結果になった。私のような階級の人間がそうした青年たちを招いて夕食だけで終わるはずがない。カーソンが彼らを一人ずつ法廷に立たせて証言させるつもりだということがはっきりしたときには、これ以上、傷が大きくならないうちに訴訟を取り下げた方が良いと、こちら側の弁護士に言われたんだ。だがね、私は最後までやり通してもよかったのにと今でも思っているよ。

汚名にまみれた唯美主義者
DECADENCE DISCREDITED

　クィーンズベリー侯爵に対するワイルドの名誉毀損の訴訟は3日目の前半で取り下げられた。執念深い性格のクィーンズベリーは弁護士たちに命じて裁判記録をすべて検察庁長官に直ちに送り、その中には男妾やゆすり屋たちの証言記録も含まれていた。こうなると当局としてもワイルドを訴えないわけにはいかず、同日夕刻にワイルドは逮捕された。保釈は認められず、裁判が3週間後に行なわれたが、陪審員の判断は全員一致にいたらなかった。命令により二度目の裁判が開かれ、その結果、ワイルドは同性愛の行為に及んだという罪で、重労働をともなう懲役2年の判決を受ける。

――　あなたが起こしたクィーンズベリー侯爵に対する訴訟
が頓挫してから、最終的にあなたへの判決が下るまでの期間、
海外に逃亡して、不始末の結果から逃れるチャンスが何回か
あったのではありませんか。なぜ逃げなかったのですか。

逃げようと思えば逃げられたよ。ようやく保釈が認められた
とき、妻も含め何人かの人が国を出るようにと勧めてくれた。
だがあの年、私はすでに二度、海外に行っていて、さらにも
う一度出国したら、まるで宣教師か、まあ同じようなものだ
が巡回セールスマンみたいじゃないか。

――　やめてくださいよ。ジョークを言っているような場面
じゃないんですよ。あなたの人生のターニングポイントにつ
いて、今、話をしているんじゃないですか。

おやおや、私が一番真剣になるのは、人生をジョークで語る
ときなんだよ。人生を耐えられるものにするのはジョークだ
けさ。でもまあ、君が納得できるような説明を欲しがってい

るから、そんな説明をひとつひねり出してみるとするか。そうだねえ……、そうそう、そもそも気の毒な母のことがあったんだよ。私が劇作家として成功したのを、母はたいそう自慢にしていて、イングランド人の鼻をあかすという我が家の伝統を息子が受け継いでいるのを見て喜んでいたんだ。息子が法を犯したとしても、それほど気に病んでいなかった。なんといっても、アイルランドに対する気高き愛国心ゆえに、母自身が50年近く、ほとんど幽閉されているような気分で生きていた。それに比べれば私の裁判沙汰などちっぽけなスキャンダルに過ぎないというわけさ。私がアイルランド紳士たる行動を取っている限り、どんな困難にみまわれていようともたいした問題ではないというのが母の考え方だった。母からこう言われたんだ。「ここに留まるのなら、たとえ投獄されようとも、私の息子であることに変わりはありません。私の愛情はなにも変わりません。でもあなたが海外に逃亡するなら、二度と口をきくことはないでしょう。」それを聞いて、大いに安心したよ。

オスカー・ワイルドとコーヒータイム　　95

―― でも国にとどまったのは、母上のためだけではないで
しょう。

そうだね、私の気持ちはすでに決まっていたんだ。国にとど
まり、結果は引き受けるとね。『イブニング・ニュース』に
もその旨を書いて発表した。当時は真実を伝えるのは新聞だ
けだと思われていたから、皆その言葉どおり信じるしかな
かった。そこから先は一本道のように思えたよ。不名誉と破
滅とが自分の運命なら、その役を見事に演じるしかない。ま
だ免れる可能性もあったかもしれないが、そんな可能性にか
けてみる気はなかった。悲劇の主人公をやらなければならな
かったんだ。復讐の女神の網に私はかかってしまったんだ。
それであがくのは愚かなことだろう。なぜ人は自らの破滅に
つきすすむのか。なぜ破綻にはあれほどの魅力があるのか。
なぜ頂きに立った人間は自らの身をそこから投げ捨てなけれ
ばならないのか。その答えはわからない。だがそうしかなら
ないんだ。古代ギリシアの悲劇作家エウリピデスなら私の演
じている役を喜んでくれただろう。古典文学についてすぐれ

た教育を受けると、このような悲惨な結果になるのさ。神々
が我々を罰するのは、我らの祈りへの返答なのだ。

── 今日の目から見ると、イギリスの上流階級があなたを
見世物にしていたように見えます。せいぜい軽罪とされてい
たのに当初は保釈も認められませんでした。二度目の裁判の
ときには、法務次官みずからが訴追にあたった。法務次官は
通常は反逆罪や殺人などもっとも重い犯罪を担当するもので
す。

たぶん私は理想的なスケープゴートだったんだろう。イギ
リス人は『ドリアン・グレイ』を認めてなかった。『サロメ』
も認めてなかった。そして私のこともまったく認めてなかっ
た。私が代表しているもの、君ならそれをイギリス耽美主義
と呼ぶだろうが、それをイギリス人は認めていなかったんだ。
だがそれでも手出しはできなかった。私は非常に危険な問題
提起をした反逆者だったんだ。社会、性、文学についての偽
善的な価値観、そこにヴィクトリア朝の社会はしっかりと根

オスカー・ワイルドとコーヒータイム　　97

ざしていた。その偽善的価値観を私は問題視したんだよ。産業力がすべての煤けた時代の上に、私は禁じられた色の虹をかけたのさ。私は自分の破壊的思想や破壊的行動を皆が耐えられるギリギリのところまで押し進めたんだが、それが少し行きすぎてしまって、皆の限界を超えてしまった。単に危険なゲームをしていただけというわけではないが、大英帝国の存続にかかわる問題でもなかった。

　あれこれの問題に加えて、この件の数年前にもセックス・スキャンダルがひとつふたつあったのだけれど、世論が求めるようなしっかりとした対応を政府は取ることができなかった。私が法を犯したことが明らかになって、政府の連中は大いにホッとしたにちがいないよ。考えてもごらん。英文学を支える屈強な支柱はセンチメンタルで長大な小説だ。私を排除すれば、それらの小説の守護者であるのと同様に、政府は公序良俗の堅固たる守護者でもあると立場をはっきりさせることができたんだからね。

──　この一件で、ご自身が同性愛についての最初の殉教者

になる、あるいはなりたいというお気持ちはあったのですか。

そうだね、もし私がそのような殉教者にほんとうになったのなら、それは私の意に反しているよ。私にとっては芸術がすべてで、芸術を通して私はまずは私自身に自分を表明し、それから世間に対して自分をあらわにしたんだ。それこそが人生の真の情熱だったし、芸術に対する愛情に比べれば他の愛情は、赤ワインと泥水、月という魔法の鏡と沼の蛍ほどの大きな違いがあった。正直なところ投獄されるまでの私は、何かしら社会の改革に身を捧げるには、自己中心的すぎる人間だった。いわんや自分の芸術や自由を意識的に犠牲にしてまで法律にあらがって投獄されるなんてことはありえなかった。
　その後の展開を、つまり社会からどれほどの制裁を受けることになるかを前もってわかっていても、芸術や自分の信念のために自分は立ち上がっただろうかと、ときどき考えるよ。確かに牢獄での経験でその後は人生をまったく別の見方で見るようになったし、少なくともそのことについては感謝している。「オスカー・ワイルド裁判」か……はるかに若い学生

オスカー・ワイルドとコーヒータイム　　99

時代には呑気にそんな裁判があれば良いのになあと願っていたよ。でもその「オスカー・ワイルド裁判」がその後の世論に影響を与えたと君は言いたいようだが、もし少しでもそういう効果があったのなら、良い面もあったということだね。だが殉教なんてセンチメンタルなだけで役に立たない、美しさの無駄遣いだ。そんな自己犠牲の気持ちはみじんもなかったよ。

獄中の物書き
THE ARTIST IN PRISON

　ワイルドは2年の刑期の最初はロンドン北部のペントン
ヴィル監獄に入れられたが、2ヶ月ほどでロンドン南部のワ
ンズワース監獄に移され、最後の1年半はレディング監獄で
過ごした。ワンズワース監獄に収容されている間に破産を宣
告されている。当時の監獄の状況はひどいものだった。独房
で、房の中にはちゃんとしたトイレもなかった。ペンや紙を
使えるのは公用郵便か、嘆願書、年に4回だけ許される私信
を書くときだけだった。読書も監獄の図書館に所蔵されてい
る道徳的向上を促す数冊に限られていた。だが少したってか
らワイルドには読むにたる本や、ペンと紙が与えられるよう
になり、ワイルドはアルフレッド・ダグラスに宛てた力強い
書簡を書いた。それはワイルドの死後『獄中記』と呼ばれる
ようになった。

オスカー・ワイルドとコーヒータイム　　101

── 獄中生活をする覚悟などおよそできていなかったで
しょうね。殺人犯トマス・ウェインライトにしても贋作詩人
トマス・チャタートンにしても、彼らのような犯罪者にあな
たは魅力を感じていましたが、その描き方はロマンティック
だ。『ドリアン・グレイ』ではロンドンの下町イースト・エ
ンドや阿片窟について書いていて、そういうところにご自身
でも足を運ばれたことはまちがいないけれど、安全な家に帰
れるという意識は常にお持ちでしたからね。

おかしいと思われるかもしれないが、失って一番つらかった
のは自由ではなかった。むしろ美味しい食事や、仕立ての良
い服、紙とペンや会話という、ごく当たり前だと思っていた
ものがなくなったのがつらかった。そういう生活とは真逆の
永遠に続く沈黙、飢え、不眠、残忍さ、手荒で不快な懲罰、
はてしない絶望、みっともない服、いまわしい生活様式、な
にもかもが悲惨だった。獄中は一秒一秒が苦しみで、日々涙
を流していた。涙が出ないのは気持ちが明るい日ではなく、
心が無感覚になっている日だ。もちろん自由も欲しかった。

102

太陽も月も失ってしまったように感じていた。外の世界が青空と黄金の陽光に満たされている日でも、頭上の小さな鉄格子にはまった分厚いガラスを通して入ってくるのは、灰色の弱々しい光だった。独房の中は常に夕闇に満たされ、心の中はいつも真夜中の暗闇同然だった。

── 自分の過去についてたった一人で延々と考えていれば、ボウジーに対する気持ちも変わらざるを得ませんよね。

ホロウェイ監獄に拘留されている間、ボウジーに送った手紙は彼に対する私の永遠の愛の証だったが、その愛ゆえに監獄にまで来てしまったことを思うと、その愛が苦々しさに変わったことは想像がつくだろう。だが私を牢獄へとおいやったのはボウジーではなかった。彼の父親ですらなかった。彼らのどちらかが何千人いようと私のような人間を破滅させることはできない。私を破滅させたのは私自身なんだ。そこにとても大きなアイロニーがある。彼らが私にした仕打ちはひどいものだったが、私の私自身に対する仕打ちの方がはるか

オスカー・ワイルドとコーヒータイム　　103

にひどいことだった。それだけではない。家財は執行人たち
によって競売にかけられ借金の返済にあてられ、妻は子供た
ちを連れて海外に逃れた。クィーンズベリーが名誉毀損裁判
の費用を求めたせいで私は破産した。私は自らも、私の家族
も汚名にまみれさせてしまったのだ。大切な母に与えた影響
はさらにひどい。文学、芸術、考古学、科学だけでなくアイ
ルランドという国の歴史において母と父は名声を高め、栄誉
ある名を私に残してくれた。その名を私は決して消えぬ不名
誉にまみれさせてしまったのだ。私のせいで母の命を縮めて
しまったと今も私は思っているよ。かつては言葉を操ること
にかけては右に出るものがいなかったのに、母の死はひどく
こたえて、自分の苦悩や恥ずかしさを語る言葉が見つからな
かった。

—— 母上は亡くなる前にあなたに会いたいとおっしゃった
そうですが、認められなかったそうですね。

だめだった。母の死は、妻が病身にもかかわらずイタリアか

104

らわざわざ戻って伝えてくれた。おかげで他人から聞かずにすんだ。会いに来てくれた妻は、やさしくあたたかく接してくれた。キスして、慰めてくれた。あんなふうに振る舞える女性は、歴史を探しても、他には母くらいなものだろう。外国からはるばる会いにきてくれたのは、そのときが初めてではなかった。妻は子供のためにやむを得ず名前を変えなければいけないけれど、離婚はしないと私に伝えに来たんだ。釈放時には、私に手当てが払われ、子供にも年に2回会えるよう手配してくれた。財産契約も含め、二人の間ではすべて友好的に話が進んでいたんだが、私の友人たちが間に割って入り私の手当てを増やそうという的外れな交渉をしてからぎくしゃくしてしまった。私たち二人の人生なんだからなんで放っておいてくれないんだろう。

—— 当時のあなたの人生には怒り、苦悩、失望しかなく、出口のない状態で、狂気ぎりぎりのところに追いつめられていたのではないですか。

オスカー・ワイルドとコーヒータイム　　105

そのとおりだが、ただひとつ、なんとか紙とペンが救いになった。紙とペンが許されるまでは、頭の中では悪いことだけをぐるぐると考えていた。それでボウジーへの長い書簡を書き始めたのだが、再び書けるようになったということだけで、18ヶ月の沈黙と孤独による苦い思いや疼くような憎悪がまるできれいに洗い流されるようだった。私はその手紙を『獄中より　縛られし者の書簡』と名付けた。書簡は言いたいことに見合った形式だった。過去5年間の行為の弁明をしようとしたのではなく、説明したかったんだ。ボウジーと彼の父親に関わる自分の常軌を逸した行動を明らかにしたかった。結局、ボウジーに送ることは許されなかったが、送っても同じだっただろう。受け取ってもきっとボウジーは私からの非難に怒り狂って手紙を捨ててしまっただろうからね。私にとって同じように重要なのは、獄中での経験を書くことで、釈放される準備ができたことだ。書くことによって、庶民が入る牢獄の一介の囚人でしかなかったという自分についての事実を受け入れながら、それを恥じずにいようとする気持ちになれた。

―― 高度な教育を受けているだけに、他の人よりも辛い思いをなさったはずですが、それでもその点では幸運だったとおっしゃるのですか。自分で釈放後のリハビリを始めることができたというのですか。

そのとおりだよ。当時の社会システムの大きな間違いのひとつで、私が知る限り今もなおそうだと思うのだが、社会が個人にぞっとするほどの罰を与えておいて、その罰が終わるとき、つまり社会がその個人に対しもっとも大きな責務を負うそのときに、その囚人を見捨ててしまう。多くの囚人が釈放されても獄中生活をひきずったまま生きていく。恥辱を心の中に隠しながら、毒が回った生き物のように長い間はいずり回って、隠れて死んでいく。それはほんとうに不幸で、社会がそれを強いるのは、不当な、ひどく不当なことなんだ。

名ばかりの自由
A SORT OF FREEDOM

　たった1日の減刑も保護観察による猶予も与えられずに2年の刑期を終えたワイルドは、1897年5月19日に釈放されると、そのままフランスに渡った。それきり二度とイギリスの地を踏むことはなかった。コンスタンスはワイルドが新生活を始めるための資金を援助し、年4回の送金に同意した。二人は手紙では会う計画を伝えあっていたが、実際に会うことはなかった。ワイルドはその年の夏をノルマンディの港町ディエップ近郊のバルヌヴァルで過ごし、そこに友人たちが訪ねてきた。だが再会を求めるボウジー・ダグラスには当初は会わないようにしていた。このバルヌヴァルでワイルドは最後の作品『レディング監獄のバラッド』を完成させた。

──　さきほどあなたは、自らが招いた屈辱であれば勇気を
もって受け入れる悲劇的人物としてご自身のことを語られま
した。しかしあなたは釈放されるや否や、鞭打たれた犬のよ
うに自ら海外に逃避されました。刑を下されたことで、あな
たの中の重要な部分が破壊されてしまったとお感じになりま
すか。

　出所したときの私は、前科者で、破産者で、同性愛者だ。そ
れがどんなことかわかるかい。そのレッテルのうちのひとつ
でも貼られてしまえば、ヴィクトリア朝のイギリスでは社会
のつまはじきになる。この破滅した人生を立て直すには、海
峡を渡りフランスに行くしかなかった。なんといってもフラ
ンスはあらゆる芸術家の母なる国だ。監獄生活で失われたの
は、私の中のダメな部分だけだった。以前の私は無節操な快
楽や意図的な物質主義に溺れた生活をしていた。芸術家とし
ての私にふさわしくない生活だった。監獄で学んだことの中
にはひどいこともたくさんあるが、私にとって必要な良い教
訓も学んだんだ。フランスでいったん自由になり、友人たち

オスカー・ワイルドとコーヒータイム　　109

に囲まれていると、また書けるという気がしてきた。夜間に移動した船から降りると、ディエップではささやかな歓迎の会を開いてもらった。『理想の夫』で私は「朝食のときに冴えているのは頭の悪い人間だけだ」というチェヴリー夫人の台詞を書いてしまったけれど、チェブリー夫人には怒られそうだが、あの朝食のときの私は冴えまくっていた。再び自由に会話が楽しめる喜び、それがひたすらうれしかった。1週間で何通もの手紙を書いたよ。『デイリー・クロニクル』には刑務所の改善について、力をこめた投書を寄稿した。できる範囲のささやかな金額ではあったが、出所時点で一緒に収監されていた仲間の囚人には釈放後のための金を送った。紙とペンを手にして再び喜びを感じているだけで、生きることへの欲望が再びよみがえってきたんだ。

　だが私の新しい家は、以前のロンドンの家とは違って友人たちの拠点にはならなかった。だから一人、また一人と去って行くと、自分のひどく孤立した立場がだんだんわかってきた。たった一人になった最初の日は、ひどい気分で、これでは監獄から出てまた別の監獄に入っただけじゃないかと感じ

られた。それまで2年間の沈黙に私の魂は縛りつけられていた。あのとき私が求めていたのは優しい仲間に囲まれるという喜び、愉快な会話という楽しみ、人生を素敵なものにする穏やかな人間らしさだった。

—— でもそれはあらかじめ予想がついていたことではありませんか。監獄の中であなたがお書きになった出所者に対する社会の無関心とその改善についての文章は感動的です。

賢明な言葉で他人の生活を改善するのは簡単だが、自分の人生を正すのは不可能だよ。私が書いたものは、平凡な犯罪者についての文章だ。私は人生に対する要求水準がもっと高いんだ。詩人を投獄して健康を失わせることはできても、その詩人の詩心を失わせることはできない。私は自分がいかに社会に頼っていたかもわかったよ。私は社会をからかっていた。社会の姿を鏡に映し出し、いかにそれがグロテスクかを見せていた。その社会が私を放逐したんだ。そのこともあって妻とは再び会わなかった。わかるだろう、私という存在は解決

法のない問題だったんだ。ワイルド夫人、いやそのときには
ホランド夫人と彼女は名のっていたが、そんな夫人が私のよ
うな堕落した人間とつきあえるわけがない。たまたまでも私
たちが会ったりしたら、彼女の家族や友人たちは社会的にど
んな態度をとったらいいんだい。私たちが会わないでいると
いうのが単純な答えなんだ。「もうしばらく待った方がいい
わ。数ヶ月たって慣れたら……」ということになる。ディエッ
プでだって状況は同じようなものさ。私と一緒にいるところ
を見られる危険をおかすくらいなら、私を冷たくあしらって
おく方が安全だ。

── そうするとフランスの海辺の小さな村で募らせていっ
た孤立感は、作家として再起する力にはならなかったのです
ね。

社交界を舞台にした喜劇かい。そんなもの書けるわけないよ。
ただ私は起きてしまったことを徐々に良い方へと考えるよう
にはなってきた。それが哲学だったのか、失意のせいか、は

112

たまた宗教か、それともたんに絶望するのにもうんざりした
のか、いずれにせよ私は過去2年間のひどい経験を、起きな
かったことにするのではなく、なにか精神的なものへと昇華
させたいと強く意識するようになったんだ。気分は落ち込ん
ではいたが、少なくともそういう創作には理想的だった。そ
れで『レディング監獄のバラッド』を書き始めた。結局、こ
れが私の白鳥の歌、最後の作品になったんだ。

—— でもそれは一時的な癒しにしかなりませんでしたね。
悲しみの根本を癒すことにはならなかった。

そうだね。友人たちは会いにきてくれたが、その頻度もだん
だんと減ったし、もっともこたえたのは子供たちに会えな
かったことだ。子供と会うのに不適格と法律によって決めら
れるなんて、まったくひどいと思ったし、そのせいでずっと
心の痛みを感じていた。ロビー、あのやさしいロビー、彼が
いてくれればどれほど慰めになるかと思っていた。孤独で汚
名を負って、恥をしのび目立たぬところで貧しく暮らしなが

ら、それでもロビーに一緒にいてくれと思うのは身勝手だろうという思いにとらわれていた。

── その30年前に、不幸とは名もなき村で清く貧しく暮らすこととお書きになっていました。覚えていらっしゃいますか。

いや、だがいかにも私の感じていたとおりだ。

── そうなると次の展開は火を見るより明らかですね。

その当時の私の精神状態を考えてみてくれ。それでも私を責められるかい。バルヌヴァル村で夏も終わろうとしていた。コローが絵に描きそうな霧が英仏海峡から流れてくる。現実はどこまでも芸術を模倣するのか。明日のことを考えても明るくなる要素はなにひとつなかった。金はほとんどなく、自殺しかけた日もあった。もううんざりだったんだ。そんなときだよ、ボウジーが私の人生に戻ってきたのは。愛情をもっ

て、一緒に過ごしてくれるという。そして冬の間、一緒に暮らすところも提供してくれたんだ。ナポリでね。

オスカー・ワイルドとコーヒータイム　　115

最終幕
THE LAST ACT

　二人の再会は双方の家族や友人たちからいっせいに非難された。だが予想されたように関係は長続きしなかった。12月、ワイルドとボウジーは最終的に別れた。翌年の春、『レディング監獄のバラッド』が出版された。またこの春、ワイルドの妻コンスタンスが、脊椎の手術の合併症により40歳で世を去った。生きる望みも、生きるすべもなくなったワイルドは、生涯の最後の3年間、なおもつきあってくれる数少ない友人に金をたかりながら、パリに住み、ときにあてもなくヨーロッパ各地をさまよった。

── あれほどのことがあったあとで、なんでボウジーとよりをもどせたのか理解できません。バルヌヴァルにやってきたときには、ボウジーは邪悪な影響力を持つのでもう二度と会いたくないとまでおっしゃっています。それにあなたの再起に尽力してくれた人たちからどれほど非難の声や、あるいは憤りの声が上がるかわかっておられたはずです。

ボウジーとの関係に戻ったのは心理的にしかたのないことだった。世間からそう仕向けられたんだ。私は愛のないところでは生きていけない。どのような犠牲を払ってでも、愛し、愛されなければならないんだ。孤独と恥辱の中、無神経な世間と3ヶ月にわたって戦い続けたのち、彼のところに戻ったのは自然なことだよ。ボウジーは以前と変わらず、強情で、魅力的で、腹のたつ、破滅的で、そして楽しい人間だった。もちろんときに悲しい気持ちになるだろうとは思っていたが、それでも彼を愛していたんだ。彼のせいで人生がめちゃめちゃになったという事実ゆえに、彼を愛していた。彼も良かれと思っていた。自分のせいで私が苦しんだのを償い

オスカー・ワイルドとコーヒータイム　　117

たいという気持ちもあったと思う。だが一緒に暮らして、ボウジーの母からの仕送りも、コンスタンスからの仕送りも使い切ってしまった。そうなるとボウジーは二人分の出費を私が担うことを期待し、それができないとわかると癇癪をおこした。兵糧が尽きては万事休す、ボウジーは去らざるをえなかった。ボウジーはいろんな約束を口にし、私のために尽くすとか、もうなにも困らせないと言っていたのに、実際には苦々しい思いをさせられたんだ。それを思い出すとあの再会はボウジーに対してかつて抱いていた愛ゆえの一時的な気の迷いだったのだとわかるよ。とどめを刺された気分だったね。辛い人生の中でももっとも辛い経験だった。でもそのおかげでボウジーのことはきっぱり心のけじめをつけることができたけれどね。

—— よく知っている大好きなパリに戻り、ほぼ4年間で4冊の本を出版し、少しは幸せな気持ちになれたのではありませんか。

現実に食費に困らないとか、少なくともナポリ料理から解放されたときには気分がよかったよ。それに創作するならパリにいるしかないと感じていた。知的な雰囲気に飢えていたし、フランス人はたとえ大手を広げて私を迎え入れてはくれなくても、私をなんとか受け入れてくれていた。私の性的志向もフランスではごく通常の範囲での逸脱とみなされていた。だが本を1冊出版して、これでもう一度ちゃんとしたものを作れるという感覚が戻ってきたんだが、その本の表紙を見たかい。『レディング監獄のバラッド』は作者名が「C. 3. 3.」なんだ。私の囚人番号だよ。オスカー・ワイルドの名前はどこにも書かれていない。出版元のレオナード・スミサーズと私とでこう記すことに決めたんだが、ケダモノ扱いの私と関係なくイギリスの読者がこの本を買えるようにというのがその理由のひとつだ。もうひとつの理由はこう言いたかったんだ。「あなたたちは詩人を囚人にしましたね。さあこれがその囚人の書いた詩ですよ」とね。

—— しかし本の売れ行きは良かったので、出版者はさらに

あと 2 冊あなたの本を出そうという気持ちになったんですね。

スミサーズはいかがわしい男で、私は彼をヨーロッパでもっとも教養ある色情狂と呼んでいた。オーブリー・ビアズリー〔1872-1898、しばしばエロティックな絵を描く耽美主義者。ワイルドの『サロメ』の挿絵を描いた〕の卑猥な挿絵とかその手のものを出版していたんだ。私が書いたものを出版しようなどという人間は他にはいなかったよ。スミサーズからの支払いは 5 ポンド紙幣で現金払いだった。そうじゃないと破産管財人が受け取ってしまうんだ。そう、『理想の夫』と『真面目が肝心』の 2 作を出版してくれたのもスミサーズで、おかげでしばらくの間の生活費が入ってきた。それでも私の名前では物議を呼ぶというので、「『ウィンダミア卿夫人の扇』の作者による戯曲」とするのが精一杯だとスミサーズは考えた。私がまだこの世に生きているということがスキャンダルだったんだ。皮肉なことに私は現実を欺くために人生の大半は仮面をかぶって過ごしたのに、ここにきて実の顔が見えては困るから仮面をかぶるようにと現実から強いられるようになったのさ。

120

── 夫婦の溝は埋めようとなさらなかったのですね。

その言い方では私たちが和解を望んでいなかったように聞こえてしまうよ。夫婦の関係がこの悲劇のもうひとつの側面なんだ。二人が一緒に暮らすべきだったと言っているわけではないよ。そんなことはおよそありえなかった。私にとって必要な知的刺激は妻からは得られなかったし、そのことはコンスタンスもわかっていた。その当時には私の気持ちを惹きつけるのは若い男だけになっていた。しかし彼女は私の二人の息子の母親だ。私の息子への深い愛情をコンスタンスはわかっていたし、息子たちが大きくなったときに父を誇りに思えるよう、そして失ってしまった知的名誉を回復できるよう願っていると、投獄中に手紙に書いてきてくれたことさえある。だけど二人の間に割って入って「事態を正そう」とする人たちがいた。私が獄中で絶望しているときには金の面で、私が出所したときには気持ちの面で口を出してきた。彼らが干渉してきた瞬間に、私たちの間に閉じることのできない隙間ができてしまったんだ。『レディング監獄のバラッド』が

オスカー・ワイルドとコーヒータイム　　121

出版されてまもなくコンスタンスは亡くなり、それから1年してようやく私は彼女の墓を参ることができた。墓に刻まれた名前を見て悲痛な気分になったよ。ワイルドという苗字は刻まれていなかった。「ホレス・ロイドの娘、コンスタンス・メアリー」としか書かれていなかったんだ。どんな後悔も役に立たないという感覚が深く胸にしみてきた。もし一度でも会えてキスできていれば……。子供たちの後見人に、子供宛の手紙を書いてもよいかと問い合わせたのだけれど、いかなる接触も阻止するし、手紙は破棄するという返答だった。

── 妻からの年金はその後も続きますが、たいへん厳しい暮らしぶりでしたね。コンスタンスの死が終わりの始まりだったと思えます。

パリのような街での孤独はひどいものだよ。命と芸術の源である「生きる喜び」を突然失ってしまったんだ。おそろしいことだ。快楽や感情はあっても、生きる喜びがなくなってしまった。どんどん沈んでいる気分だった。死体安置所がぽっ

かり口を開けて私を呼んでいるような気がした。1日の生活費は数フラン、それで暮らすことになっていた。難破船に残っていた残骸みたいなものだ。心がズタズタになっているだけでは不十分だとでもいうように、太った体のせいで惨めさが増した。1フラン50サンチームの夕食はもっとも太りやすい食事だ。アッシジの聖フランシスコ〔清貧の中で信仰を貫いたイタリア中世の聖人〕と同じように私は貧困と結婚したが、私の場合、この結婚は成功に結びつかなかった。私は聖フランシスコのような魂は持っていない。私は美しい人生に飢え、その喜びを求めていた。だが聞こえてくるのは木霊ばかりで、自分自身の音楽は聞こえなかった。想像力を駆使して書くのは、金を借りるためにまだ使っていない新しい言い訳を考えだして友人に送る手紙だけだ。書くべきものは書いてしまっていた。人生を知らない間にものを書いた私は、いったん人生の意味を理解したときには、もう書くべきものがなくなっていた。人生は生きるべきものであって、書くべきものではない。そして私は人生を生き切っていた。あまりにもたっぷりとね。

── それで最後はカトリックに改宗したのですか。

そう思われているのかい。確かにロビーはいつも言っていた
な……そう、そうだ、ロビーが洗礼のために神父を呼んだん
だ。私は病床で話ができる状態ではなかった。だが神父が
ローマ・カトリックの教会に入りたいかと聞いてきたとき、
私はひとこと言いたくて手をあげたんだが……たぶん同意の
印と取られたんだろうね。だけどまあ、この話は止めておこ
う。……私は気にしていなかったし、良い話はそのままにし
ておこうじゃないか。

没後
AFTER OSCAR

　1900年11月30日、カトリックに改宗したオスカー・ワイルドは脳髄膜炎でパリで亡くなった。パリ郊外の借り物の墓地に無料で埋葬された。1906年までにロビー・ロスは十分な金を集め、ペール・ラシェーズ墓地に永続的な墓地を購入した。その金の大半は、大幅に削除して出版された『獄中記』の売り上げだった。その墓地にワイルドの遺体が移されたのは1909年のことだ。彼の死後、その汚名が広がっていたせいでイギリスではオスカーと名付けられる赤ん坊は何年間もいなかった。一方、対照的に大陸ヨーロッパでは死後、ワイルドの名声は急速に確かなものとなった。かつてワイルドの失墜の原因とされた2つの作品『ドリアン・グレイの肖像』と『サロメ』が、ヨーロッパでのワイルドの名を高めるのに大きく貢献した。

―― 後悔という言葉はあまりあなたと結びつきませんが、しかしご自身の人生についていくばくかの後悔を感じられたのではありませんか。

そうだね、もしも悔いと自責の念を分けてもよいのなら、その質問への答えは簡単だ。快楽のために生きたことについては一瞬たりとも悔いはしない。やり尽くすという言葉があるが、私はほんとうにやり尽くした。あらゆる快楽を経験したよ。『獄中記』でも書いたように、ワインの盃に魂という真珠を投げ入れたのさ。あの時代の基準や道徳を受け入れなかったことも悔いていない。教養ある人間がその時代の基準に従うなんて、もっとも甚だしい不道徳だと私は考えているよ。私の最大の過ちは、肉体にたっぷりと官能という栄養を与えながら、魂が必要とする質素な食事を与えない、そんな時間があまりに長すぎたということだ。苦悩、悲惨、悲嘆、絶望といったものをただ感情として書いてきたが、苦しみという業火を私は忘れていた。その炎は破壊力とともに浄化力を持っている。ギリシア人はそのことを知っていた。かつて

は私もそれを認識していたはずなのだが、恥ずかしながら再認識せざるをえなかった。手痛い教訓だったよ。だが正直に言うがそのことで悔いてはいない。たいていの人間はだんだんと常識に蝕まれて死んでいく。そして自らの過ちは悔いる必要がない唯一のものだと気がついたときには、時すでに遅しということになるんだ。

── 獄中からボウジーに書き送ったのもほぼ同じ内容でしたね。おのれの経験を拒絶するのは成長の妨げだ、おのれの経験を否定するのは人生に嘘をつかせることになるとあなたは書いた。でもそれはかなり自己中心的な態度ではありませんか。

自己実現を人生の主目的とする芸術家の態度だよ。ときどき芸術家の人生とは長い時間をかけた甘美なる自殺だと感じたものだ。今となってはそれは確信に変わったし、それが残念なことだとも思っていない。その言葉どおりすべて受け入れてなお私が自責の念を感じているのは、周囲の人たちに与え

オスカー・ワイルドとコーヒータイム　　127

てしまった苦しみや痛みだ。男娼たちは別だよ。彼らはとん
でもなく悪辣な生活を送ってきたし、自分のことは自分でなん
とかできる連中だ。ボウジーも別だ。彼は私が懲役刑を受
けても大してこたえなかった。3日連続眠れない夜が続くと
いう程度の苦しみでしかなかったし、年400ポンドの手当て
さえあればボウジーはなんとかなるんだ。私が自責の念を感
じるのは、無辜の人々を悲劇に巻き込んだことだ。妻、子供
たち、母、彼らの運命は知らないうちに私の運命に巻き込ま
れてもつれてしまった。驚かれるかもしれないが、私はほん
とうに妻が大好きだったんだ。だが結婚生活には死ぬほど退
屈して、夫婦の絆を何年間もおろそかにしてしまった。妻の
人柄には魅力的なところがあり、たとえ私をほんとうに理解
することはなかったとして、それでも私に対して驚くほど誠
実だった。それなのに私が汚名にまみれたせいで、妻には辛
い思いをさせてしまった。母も同様だ。辛い思いは避けられ
ないものだとしても、二人に辛い思いをさせたことを私は永
遠に恥じているよ。

　さて、しゃべりすぎたようだし、自責の念で過去を美化し

ようとしたところで詮無いことだ。太陽をあび、ワインを飲み語らえば、まあコーヒー片手に語らうのでもいいんだが、そろそろ夕暮れが忍び寄る時刻だ。ちょっと強い酒を飲んでもいい時間じゃないかい。アブサンを飲もうよ。ただし1杯だけだよ。それ以上飲むと厄介。1杯目にはものごとが望ましいように見えてくる。2杯目には現実が見えなくなる。それ以上だと現実がありのまま見えてしまう。それほど恐ろしいことはないよ。

—— アブサンですか。オスカー・ワイルドのフランスびいきは相変わらずだったと、後世の人たちに伝えられますね。

後世の人といえば、後世の文学批評において私がどのような評価を得ているか教えてくれないか。どんな評価をしているかを聞きたいわけじゃないんだが、評論家があいも変わらず作家と作品を混同してしまっているかどうかを知りたいんだ。いまだに本の内容がたまたま不道徳だからといって、作者まで不道徳だと決めつけたりしているのかい。

オスカー・ワイルドとコーヒータイム　　129

── 原則としてもうそんなことはありません。ただしあなたの場合は別です。少なくともイングランドでは何年にもわたって、あなたの名前を作品と結びつけてはいけないとされてきました。作者が作品を汚してしまうからという理由です。逆じゃないんです。あなたの本を読んだり、戯曲を上演することはまったく問題ない。ただし作者の私生活にふれない限りは、ということです。作者と作品を分けるという、あなたのお望みのとおりになったわけですが、ただ真逆の発想なんです。

すばらしいじゃないか。究極のパラドクスだね。現実は芸術を模倣すべし。私がいつも言っていたとおりだ。

── ええ、でもあなたは引用する価値のある作家とされていて、あなたの戯曲は世界中のほとんどの言語で上演されていますし、学校に通っている生徒たちが『ドリアン・グレイの肖像』を読んでいます。国民的作家になりつつあるんですよ。そうそう、ウエストミンスター寺院の「詩人のコーナー」

のところには、ステンドグラスにあなたを記念するガラス板まではめ込まれています。

それはあまりありがたくないなあ。あまりにも古臭い感じがするね。でもまあ、よく考えてみれば、ステンドグラスのガラス板なら外側でも内側でもなく、同時に両方見えるからちょうど良いね。

—— でも安心してください、あなたの作品や道徳観を叩こうと手ぐすね引いている批判者もいまだにいますから。

それはよかった。みなに同意されるようなら私がなにか間違えているはずだ。評判というのは言語と同じで、常に変化していなければならない。そうでないとカビ臭くなってしまう。ところで、このギャルソンは今日の午後、たいへんよくやってくれたからチップを払うべきだと思うんだが。小銭を持っているかい。私は今、手持ちがないんだ。滞在してるホテルの経営者が明日までに支払いをしないと荷物を没収すると脅

すんだよ。少し借りられないかね……。

―― やれやれ。もっと良い言い訳は思いつかないんですか。今のは1898年にロビーから金を借りるためにひと月に二度使ってしまった言い訳ですよ。

そうだったかい。前にも使ったなんて忘れていたよ。創造力が完全に枯渇している証拠だね。悲しいことだ。

―― いや、あなたを責めることなんてできませんね。とても楽しいやりとりでしたし、お話できて光栄でした。あなたときたら、ほんとうにもう……さあ、このお金で状況が良くなるまでしばらく乗り切ってくださいね。

ありがとう、ありがとう。ぜひ近いうちにまた会おう。きっとだよ。

132

参考文献

原著者註

本書の内容・表現はオスカー・ワイルドの作品や書簡に負うところが大きく、直接引用した部分もあれば、言葉遣いを変えている部分もある。それぞれの部分にいちいち出典を示すと膨大な注釈数になってしまうため、本書で引用した文献については参考文献一覧において [*] をつけて示す。

The Complete Letters of Oscar Wildeの著作権はマーリン・ホランドが所有しているが、同書からの引用については、直接引用も文言を変えた部分も出版元である HerperCollins 社の許可を得ている。

書籍

The Complete Works of Oscar Wilde, 5th edn (Glasgow: HarperCollins, 2003)

***Richard Ellmann**, *Oscar Wilde* (London: Hamish Hamilton; New York: Knopf, 1987) この本については **Horst Schoroeder** による *Additions and Corrections to Ellmann's Oscar Wilde* (Braunschweig: privately printed, 2002) も併せて参考にした。

***Frank Harris**, *Oscar Wilde* (London: Robinson; New York: Carroll & Graf, 1997)

***Merlin Holland**, *The Wilde Album* (London: Fourth Estate, 1997; New York: Henry Holt, 1998)

***Merlin Holland**, *Irish Peacock and Scarlet Marquess* (London and New York: Fourth Estate, 2003) アメリカにおいては *The Real Trial of Oscar Wilde* という書名で出版された。

***Merlin Holland & Rupert Hart-Davis** (eds.), *The Complete Letters of Oscar Wilde* (London: Fourth Estate; New York: Henry Holt, 2000)

H. Montgomery Hyde, *The Trials of Oscar Wilde* (London: Penguin Books, 1962; New York: Dover Publications, 1973)

***E. H. Mikhail** (ed.), *Oscar Wilde: Interviews and Recollections*, 2 vols. (London: Macmillan, 1979)

***Vincent O'Sullivan**, *Aspects of Wilde* (London: Constable; New York: Henry Holt, 1936)

Norman Page, *An Oscar Wilde Chronology* (London: Macmillan, 1991)

Hesketh Pearson, *The Life of Oscar Wilde* (London: Methuen; New York: Harper Bros, 1946)

***Charles Ricketts**, *Oscar Wilde: Recollections* (London: Nonesuch Press, 1932)

***Roberrt Harborough Sherard**, *The Life of Oscar Wilde* (London: T. Werner Laurie; New York: Dodd, Mead, 1906)

ウェッブサイト

The Oscar Wilde Society

< www.oscarwildesociety.co.uk >

The Oscholars

< www.oscholars.com >

参考文献　　133

CELT (Corpus of Electronic Texts, Documents of Ireland)

< www.ucc.ie/celt/wilde.html >

日本語で読めるワイルドの作品や参考書

ワイルドの作品の翻訳や研究書は他の作家に比べても抜きん出て多い。無数の翻訳および参考書の中から、一般読者が比較的手に取りやすいものを数点あげておく。

翻訳

西村孝次訳『オスカー・ワイルド全集』全6巻、青土社、1988〜89年
　この全集のほか、各作品については岩波文庫、新潮文庫、光文社古典新訳文庫で読むことができる。

参考書

アモール、クラーク『オスカー・ワイルドの妻 ──コンスタンス・メアリー・ワイルドの生涯』角田信恵訳、彩流社、2000年
エルマン、リチャード『ダブリンの4人──ワイルド、イェイツ、ジョイス、そしてベケット』大澤正佳訳、岩波書店、1999年
ノックス、メリッサ『オスカー・ワイルド──長くて、美しい自殺』玉井暲訳、青土社、2001年
角田信恵『オスカー・ワイルドにおける倒錯と逆説』 彩流社、2013年
富士川義之、玉井暲、河内恵子編著『オスカー・ワイルドの世界』 開文社、2013年

宮崎かすみ『オスカー・ワイルド ──「犯罪者」にして芸術家』 中公新書、2013年
山田勝編『オスカー・ワイルド事典 ──イギリス世紀末大百科』北星堂書店、1997年

索引

アッシジの聖フランシスコ 123
アメリカ 16, 47-9, 51-3, 55-8, 120
『ウィンダミア卿夫人の扇』 9, 18, 61, 70, 74
『ウーマンズ・ワールド』（雑誌） 17-8, 55
ウェインライト、トマス・グリフィス 102
ウエストミンスター寺院 130
『ヴェラ』 15
ヴェルレーヌ、ポール 28
「嘘の衰退」 64, 70
エウリピデス 96
エドワード皇太子 44
オックスフォード大学 15, 37-42, 61, 73, 91
　　モードリン・カレッジ 15, 37, 40
　　オックスフォード・ユニオン図書館 15

カーソン、エドワード（ネッド） 89-92
階級の掟 92
カッセル社 17
『仮面の真実』 23
『カンタヴィルの幽霊』 18
キーツ、ジョン 70
ギルバート、ウィリアム・S 16, 48
クィーンズベリー侯爵 8, 19-20, 73, 75-80, 83-7, 91, 93-4, 103-4, 106
　　名誉毀損裁判 8, 20, 81-94, 104
口承文学 37
『幸福な王子』 18
『獄中記』 4, 73, 101, 125-6

サッカレー、ウィリアム・メイクピース 49
サリヴァン、アーサー 16, 48
『サロメ』 19, 28, 97, 125
　　上演禁止 19
シェラード、ロバート・ハーバラー 5-6
ジッド、アンドレ 22, 30
殉教 4, 98-100

ショー、ジョージ・バーナード 86
スウィフト、ジョナサン 13
スウィンバーン、アルジャーノン 46
『すばらしいロケット花火』 12
『スフィンクス』 18
スミサーズ、レオナード 119-20

ダグラス卿、アルフレッド（ボウジー） 19, 67, 69-70, 72-4, 76-80, 82-9, 91, 101, 103, 106, 108, 114, 116-8, 126, 128
　　ボウジーと父親 75-6
　　ワイルドとボウジー 19, 70, 72-3, 79-80, 82, 84-7, 108, 114-8
ダグラス、フランシス 75
ダブリン大学トリニティ・カレッジ 14, 35, 37-8, 45, 90
耽美主義運動、耽美主義 16, 20, 46-8, 56, 61, 97
チャタートン、トマス 102
『つまらぬ女』 18, 61
ディケンズ、チャールズ 50
ドイリー・カート、リチャード 48
同性愛 4, 19, 21, 73, 93, 98, 109
　　犯罪化 19, 59
道徳 18, 20, 32, 64, 66, 88, 90, 101, 126, 129, 131
ドリアン・グレイ→『ドリアン・グレイの肖像』
『ドリアン・グレイの肖像』 9, 18-9, 40, 56, 61, 63-6, 69-70, 88-9, 97, 102, 125, 130
　　『ウィンダミア卿夫人の扇』と『ドリアン・グレイの肖像』 9
　　『ドリアン・グレイの肖像』とワイルドの実人生 70
　　『ドリアン・グレイの肖像』とワイルドの評判 63-6, 69-70, 88-9, 97, 125
ドレル、ジャック 22

『ナイチンゲールと赤いバラ』 19
ニュー・ウーマン 17
『ネイション』（新聞） 14

索引　　135

パラドクス　22, 69, 130
パリ　8, 21, 28-30, 57, 116, 118-9, 122, 125
ハリス、フランク　86
『パンチ』　46, 60
ビアズリー、オーブリー　120
ヒーニー、シェイマス　24
フェミニズム　17
フランス　21, 23, 29, 88, 108-9, 112, 119, 129
フローベール、ギュスターヴ　88
『ペイシェンス』（ギルバート・アンド・サリヴァ
　　ン作）　16, 48, 51
ペイター、ウォルター　15, 36, 39-40
ベルナール、サラ　19, 45
ホイッスラー、ジェイムズ　21
ボードレール、シャルル＝ピエール　63, 88
ホランド、ヴィヴィアン（ヴィヴィアン・ワイル
　　ド）　17, 21, 62, 104-5, 113, 121-2, 128
ホランド、コンスタンス→ワイルド、コンスタ
　　ンス
ホランド、シリル（シリル・ワイルド）　17, 21,
　　62, 104-5, 113, 121-2, 128

マイルズ、フランク　44
『真面目が肝心』　18, 61, 80, 83, 120
マハフィ、ジョン・ペントランド　35-7, 39
モーリー、シェリダン　10

ユゴー、ヴィクトル　28

ラスキン、ジョン　15, 36, 39-40
ラングトリー、リリー　44
『理想の夫』　18, 61, 83, 110, 120
『漁師とその魂』　19
『ルネサンスの歴史研究』（ウォルター・ペイター
　　著）　40
『レディーズ・ワールド』（雑誌）　17
レディング監獄のバラッド　108, 113, 116,
　　119, 121
ロイド、コンスタンス→ワイルド、コンスタン
　　ス

牢獄　4, 99, 103, 106
ローズベリー卿　75
ロス、ロバート（ロビー）　7, 67-8, 81-2, 84,
　　113-4, 124-5, 132

ワイデンフェルド、ジョージ　10-1
ワイルド、アイソラ　14
ワイルド、ヴィヴィアン→ホランド、ヴィヴィ
　　アン
ワイルド、ウィリアム（父）　13-4, 31, 36, 43,
　　104
　　名誉毀損裁判　14
ワイルド、ウィリアム（ウィリー、兄）　33, 43
ワイルド、オスカー
　　ウィット　5-7, 41, 50
　　家族　13-4, 33
　　金回り　16, 20, 59-60, 72, 101, 104, 118,
　　　122-3
　　結婚　16-7, 58-9, 67-8, 104-5, 111-2, 121-
　　　2, 128
　　講演　16, 47-8, 51-5, 57-8
　　声　5, 39
　　子供たち　17, 21, 104-5, 113, 121-2
　　裁判と投獄　20-1, 93-109
　　詩　15, 18, 45
　　実現した予言　33. 70
　　殉教　98-100
　　書簡　4, 21, 77, 101, 106, 110, 123
　　ステンドグラス　131
　　同性愛　19, 67
　　道徳観　18-9, 31-2, 88, 131
　　名前　12-3, 21
　　評判　4, 125, 129-30
　　評論・書評　15-6, 18, 60, 62, 70
　　編集者として　17-8, 60
　　名誉毀損裁判　8, 20, 81-94, 104
　　ユーモア　5-7, 10, 24
　　恋愛・友人関係　19, 67-70, 72, 109-14（ダ
　　　グラス、アルフレッドとワイルドの項も
　　　参照のこと）

136

ワイルドと言語　29, 34
ワイルドと宗教　22, 38, 124-5
ワイルドと政治　17-8, 22
ワイルドとフランス　28-9, 108-9
ワイルド、コンスタンス（コンスタンス・ロイド、
　　　コンスタンス・ホランド）　17, 58, 66-7,
　　　94, 104-5, 108, 111-2, 116, 118, 121-2,
　　　128
　　コンスタンスとワイルドの同性愛　67
　　死　116
　　墓　122
　　ピアノ　58
ワイルド、ジェイン・フランチェスカ（スペラ
　　　ンザ、母）　13-4, 31, 36, 43, 95-6, 104-
　　　5, 128
　　詩　14
　　政治　14, 31, 95
　　文芸サロン　14
ワイルド、シリル→ホランド、シリル
『わがままな巨人』　18

索引　　137

訳者あとがき

　オスカー・ワイルドの作品が最初に日本語に訳されたのは、おそらく明治41年（1908年）、東京帝大文科の機関誌『帝国文学』に発表された「オスカア・ワイルド詞華」であろう。以来、ワイルドの作品はどれも繰り返し翻訳されている。ワイルドは日本でもっとも親しまれているイギリス人作家の一人だ。

　幼い頃に絵本で『幸福な王子』の物語を読み、心をふるわせたという人も多いだろう。貧しき者たちへの心優しい王子の慈しみと、その王子のために命を捧げる小さな燕の自己犠牲が美しく描かれている。だがその原文を大人の目で読み直してみれば、王子と燕の交流にはホモ・エロティックな気配が色濃く漂っている。二人の愛は俗物だらけの現世を超越し、死によって昇華するしかない。平易で詩的な言葉で綴られた物語に、シニシズムとエロティシズムが潜んでいる。

　主人公に「真面目 (earnest)」という言葉と同音の「アーネスト」(Ernest) という偽名を騙らせ、その偽名が実名だった

と判明する喜劇には、『真面目が肝心』という人を食ったタイトルがつけられている。だがその軽妙さの中には、常識的な社会通念の持つ偽善性への痛烈な批判も込められている。けれどその批判性のみ強調するのは、洗練された上質な笑いを持ち味とするこの喜劇に対してあまりに野暮な反応だ。

　ワイルドの作品には常にこうした二重性がある。娯楽性にあふれながら、一方で詩的表現や機知にあふれた警句には、その真意をどこまでもはかりかねるもどかしさがある。この通俗性と韜晦という矛盾が、そのまま作品の魅力として多くの読者と翻訳者をひきつけてきたのだろう。

　この二重性や矛盾はワイルドその人の生涯にも一貫している。自己演出に抜きん出たこの作家の実人生を探ろうとしても、嘘と誠の間の線引きなど難しい。そのような作家に「実の孫が架空のインタビュー」をするという設定は、御誂え向きとしか言いようがない。本書の筆者マーリン・ホランド（1945年生まれ）はワイルドの血を引く唯一の孫であり、ワイルドの書簡など一次資料の版権保持者でもある。広範な資料の読み込みと血族への思いに支えられたこのインタビュー

訳者あとがき　　139

から浮かびあがるワイルドの人物像は、破滅的な同性愛者でありながら愛情豊かな家庭人だ。虚構の中に浮かぶこの矛盾こそワイルドにふさわしい。

　祖父の「本音」を引き出そうとする孫と、人生は芸術を「模倣」すると言い切る詩人の対話は、ときに嚙み合わない。ワイルドは孫の真面目な質問をジョークではぐらかすこともあれば、嘘の言い訳をして金の無心をすることさえある。そんな祖父にあきれながらも敬愛の情を示す孫という「空想」は、ワイルド一流の遊び心がホランドにも受け継がれているという証しにもなろう。この架空のインタビューを読んで、そんな嘘と誠のあいまいな境目に遊ぶ楽しさを読者の皆様にも味わっていただけることを願っている。

　　　　　　　　　　　　　　　　　前沢浩子

著者紹介

マーリン・ホランド [Marlin Holland]

オスカー・ワイルドのただ一人の孫で、20年にわたり祖父の生涯と作品についての調査を行なっている。『ワイルド全書簡集』（*The Complete Letters of Oscar Wilde*）の共同編集者の一人で、写真つきの伝記『ワイルドのアルバム』（*The Wilde Album*）および1895年の名誉毀損訴訟の記録を初めて検閲なしで発表した『ワイルド裁判実録』（*Irish Peacock and Scarlet Marquess*）の著者でもある。この訴訟ののち、ワイルドの妻コンスタンスは姓をホランドと変えざるをえない状況に追い込まれ、以後、親族がそれをワイルドに戻すことはなかった。

サイモン・キャロウ [Simon Callow]

俳優として映画、テレビ、舞台で活躍する他、作家としても活動している。一人芝居『オスカーであることが肝心（*The Importance of Being Oscar*）』でオスカー・ワイルドを演じた。また評伝『オスカー・ワイルドと仲間たち（*Oscar Wilde and His Circle*）』の著者でもある。

訳者紹介

前沢浩子 [Hiroko Maezawa]

津田塾大学卒、同大学大学院修了。獨協大学教授。著書に『生誕450年　シェークスピアと名優たち（NHKカルチャーラジオ）』、共著に『シェイクスピアを読み直す』、『エリザベス朝演劇の誕生』など。訳書に『シェイクスピアとコーヒタイム』『ニッポン放浪記』など。

オスカー・ワイルドとコーヒータイム

著者	マーリン・ホランド
	サイモン・キャロウ (まえがき)
訳者	前沢浩子
イラスト	ヤギワタル
発行日	2019年12月5日　初版第1刷発行
発行所	株式会社 三元社
	東京都文京区本郷1-28-36　鳳明ビル1階
	電話 03-5803-4155　ファックス 03-5803-4156
印刷＋製本	シナノ印刷 株式会社
コード	ISBN978-4-88303-499-4

「コーヒータイム人物伝」シリーズ
定価＝本体 1500 円＋税

●

既刊

シェイクスピアとコーヒータイム

スタンリー・ウェルズ／著

ジョゼフ・ファインズ／まえがき

前沢浩子／訳

アインシュタインとコーヒータイム

カルロス・I・カル／著

ロジャー・ペンローズ／まえがき

大森充香／訳

ミケランジェロとコーヒータイム

ジェイムズ・ホール／著

ジョン・ジュリアス・ノリッジ／まえがき

大木麻利子／訳

ニュートンとコーヒータイム

マイケル・ホワイト／著

ビル・ブライソン／まえがき

大森充香／訳

モーツァルトとコーヒータイム

ジュリアン・ラシュトン／著
ジョン・タヴナー／まえがき
下山静香／訳

続刊予定

ダーウィンとコーヒータイム
マリリン・モンローとコーヒータイム
ヘミングウェイとコーヒータイム

and more...